U0947501

中学生语文
配套阅读经典

字词注释
无障碍阅读

泰戈尔诗选

[印] 泰戈尔　著
郑振铎　译

SPM 南方传媒 | 花城出版社
中国·广州

图书在版编目（CIP）数据

泰戈尔诗选/（印）泰戈尔著；郑振铎译. -- 广州：花城出版社，2024.7

（中学生语文配套阅读经典）

ISBN 978-7-5360-9352-2

Ⅰ.①泰… Ⅱ.①泰…②郑… Ⅲ.①诗集－印度－现代 Ⅳ.①I351.25

中国国家版本馆CIP数据核字（2024）第063193号

执行主编：吴国珍

出 版 人：张 懿
项目统筹：陈宾杰 郑秋清
责任编辑：陈 川 邱奇豪
责任校对：梁秋华
技术编辑：凌春梅 林佳莹

书　　名　泰戈尔诗选
　　　　　TAIGE'ER SHIXUAN
出版发行　花城出版社
　　　　　（广州市环市东路水荫路 11 号）
经　　销　全国新华书店
印　　刷　天津睿和印艺科技有限公司
　　　　　（天津市武清区大碱厂镇国泰道 8 号）
开　　本　710 毫米 × 1000 毫米　16 开
印　　张　9.25
字　　数　140,000 字
版　　次　2024 年 7 月第 1 版　2024 年 7 月第 1 次印刷
定　　价　25.00 元

如发现印装质量问题，请直接与印刷厂联系调换。

购书热线：020－37604658　37602954

花城出版社网站：http://www.fcph.com.cn

前　言

德国诗人歌德说过："读一本好书，就等于和一个高尚的人对话。"阅读中外经典文学名著，使我们受益匪浅。经典文学名著，纵贯古今，横跨中外，大浪淘沙，沙里淘金，成为全人类共同的精神财富。

名著是历史的回音壁，是自然的旅行册。它可以拉近古今的距离：阅读名著可以探访在时间长河中和我们擦肩而过的人，看看他们怎样面对生活。我们阅读名著便可足不出户而畅游千山万水，体察各地的风土人情。

名著是全人类智慧的结晶，那里面充满了智者的箴言。名著就像大师们站在人类思想的巅峰，为我们播撒智慧的种子。我们阅读他们的书，就是站在巨人的肩膀上俯瞰世界。

名著是人类感情的储藏室，是传承文明的火炬手。它们展示着人类审视、确认、表现自身情感的过程，呈现出一种摆脱生活的琐杂而趋向美与高尚的努力，其深厚的底蕴总是能够在我们的生活中唤起这种寓于诗意的情怀，因而具有永恒的魅力。

名著是真、善、美的化身，是人类生活中难得的一片净土。大师们在炼狱中心灵首先得到了净化，他们的作品无处不放射着高尚的光辉。在紧张而浮躁的社会中，我们的心灵会由于我们四处奔波而疲惫，由于我们过于好斗而阴暗。这时阅读名著能使我们变得宁静而高尚，在阅读的过程中抚慰心灵的创痕，涤荡心灵的浮尘。

本丛书可以带领读者领略中外人文差异，徜徉思想之海，探索文字奥秘。编者在选编本丛书时，对原著进行了全方位的解读。每一章节前加上了名师导读，帮助读者获取本章的大致内容，增强总结能力；同时，在每一章的优美词句中，增加了名师解读，帮助读者理解作者的情感变化、写作手法等，有助于提高读者的写作能力。

相信广大读者能够通过本丛书开阔眼界，增长知识，健全人格，走向人生的新境界！

编　者

目录

《新月集》导读 001

新月集 003

家庭 003
海边 004
来源 006
孩童之道 007
不被注意的花饰 009
偷睡眠者 011
开始 013
孩子的世界 015
时候与原因 016
责备 018
审判官 020
玩具 021
天文家 022
云与波 023
金色花 025
仙人世界 027
流放的地方 029

雨天 031
纸船 033
水手 034
对岸 036
花的学校 038
商人 040
同情 042
职业 043
长者 045
小大人 046
十二点钟 048
著作家 049
恶邮差 051
英雄 053
告别 056
召唤 058
第一次的茉莉 059
榕树 060
祝福 061
赠品 062
我的歌 063
孩子天使 064
最后的买卖 065

《新月集》阅读感悟 067

《飞鸟集》导读 070

飞鸟集 072

《新月集》导读

1908年到1919年间，印度民族解放运动陷入低潮。泰戈尔因与领导民族自治运动的国大党领袖们发生意见分歧，于1907年回到家乡圣地尼克坦从事民族教育和文艺创作。1913年，《新月集》英文版出版，大部分诗作译自诗人1903年出版的孟加拉文诗集《儿童集》，也有的是用英文直接创作的，共有诗歌四十首。

20世纪20年代初，郑振铎从英文版的《新月集》中，选译了三十一首。1954年，又补译了其余九首。

诗集着力描绘一个个天真可爱的儿童。诗集题名“新月”，顾名思义，诗人把儿童比作新月，认为儿童的生活和心灵，像新月那样洁白和宁静，美好和纯真。而在诗的风格方面，也是如此，它的意境和诗句，也如新月那样，清新自然，淡雅无痕。

诗集中天真的孩子与慈爱的母亲，其形象源自诗人的爱子与贤妻。诗人时而化身天真可爱的孩子，时而变成温存和善的妈妈，通过孩子新奇活泼的想象和母亲真纯怜爱的话语，塑造了一个童真的爱与美的世界。

阅读这本集子，首先要精读每首诗，看看作者描述了一个什么样的孩子，他有什么样的性格特点和思想情趣，作者又是如何塑造这一人物形象的，在写法上有什么独特之处。当然，有些篇章着重描述母亲的形象，那么，母亲对孩子的爱又是如何体现的？阅读时也不妨一道细细品味。

孩子对母亲的爱	如《金色花》《英雄》《恶邮差》《孩童之道》《云与波》《告别》
母亲对孩子的爱	如《开始》《责备》《审判官》《雨天》《召唤》《祝福》
孩子对自然的爱	如《同情》《榕树》《对岸》《花的学校》《天文家》《纸船》
儿童世界的意义和价值	如《家庭》《职业》《孩子的世界》《玩具》《商人》《最后的买卖》《孩子天使》

新月集

家 庭

我独自在横跨过田地的路上走着。夕阳像一个守财奴似的，正藏起它的最后的金子。

白昼更加深沉地投入黑暗之中，那已经收割了的孤寂的田地，默默地躺在那里。

天空里突然升起了一个男孩子的尖锐的歌声。他穿过看不见的黑暗，留下他的歌声的辙痕跨过黄昏的静谧。

他的乡村的家坐落在荒凉的土地的边上，在甘蔗田的后面，躲藏在香蕉树、瘦长的槟榔树、椰子树和深绿色的贾克果树[①]的阴影里。

我在星光下独自走着的路上停留了一会儿，我看见黑沉沉的大地展开在我的面前，用她的手臂拥抱着无量数[②]的家庭。在那些家庭里，有着摇篮和床铺、母亲们的心和夜晚的灯，还有年轻轻的生命。他们满心欢乐，却浑然不知这样的欢乐对于世界的价值。

·导 读·

当夕阳西下，当黑暗来临，当土地日渐荒凉，庄稼藏在阴影中，家对我们流浪在外的人来说，又意味着什么呢？

阅读小结

精华点评

家庭，就是世界暗下来点起的灯火；家庭，就是母亲们为年轻生命准备的摇篮；家庭，也是父亲们对年轻生命的呵护，是他们在外游走的动力。

延伸思考

“他们满心欢乐，却浑然不知这样的欢乐对于世界的价值。”你认为，这样的欢乐对于世界有什么价值呢？

---

① 贾克果树：jackfruit trees，即菠萝蜜树。

② 无量数：不可估量之数，极言其多。

海 边

·导 读·

一个采珠人、一个海上商人和一个孩子，他们面对大海时的态度会是怎么样的呢？

孩子们会集在无边无际的世界的海边。

无垠的天穹静止地临于头上，不息的海水在足下汹涌。孩子们会集在无边无际的世界的海边，叫着，跳着。

他们拿沙来建筑房屋，拿贝壳来做游戏。他们把落叶编成了船，笑嘻嘻地把它们放到大海上。孩子们在世界的海边，做他们的游戏。

他们不知道怎样泅水①，他们不知道怎样撒网。采珠的人为了珠潜水，商人们在他们的船上航行，孩子们却只把小圆石聚了又散。他们不搜求宝藏；他们不知道怎样撒网。

大海哗笑着涌起波浪，而海滩的微笑荡漾着淡淡的光芒。致人死命的波涛，对着孩子们唱无意义的歌曲，就像一个母亲在摇动她孩子的摇篮时一样。[1]

[1] 大海和孩子们一同游戏，而海滩的微笑荡漾着淡淡的光芒。

孩子们会集在无边无际的世界的海边。狂风暴雨飘游在无辙迹的天空上，航船沉碎在无辙迹的海水里，死正在外面活动，孩子们却在游戏。在无边无际的世界的海边，孩子们大会集着。

① 泅（qiú）水：游水，游泳。

阅读小结

精华点评

诗人用对比的手法，描绘了一幅孩子们在海边嬉戏而成年人在海上寻求财富的画面。大海是孩子们的乐园，却是大人们的名利场。对于海边聚会的孩子，大海是母亲，喧笑、微笑，唱着无意义的歌谣；对于在大海中奔波航行的成人，大海是风暴、破碎、致人死命的波涛。成年人在海上的争名逐利的劳苦，衬托了孩子们在海边游戏时的纯净与快乐；孩子们游戏时的自由美好，让成年人反思争名逐利的意义与价值：人为什么会失去孩子的美好天性?

延伸思考

为什么大海会有宽厚仁慈与凶险残暴两副面孔?

来 源

·导 读·

孩子睡时的微笑，来自哪里呢？

[1]笑窝便是从那个地方来吻孩子的两眼的。

流泛在孩子两眼的睡眠——有谁知道它是从什么地方来的？是的，有个谣传，说它是住在萤火虫朦胧地照耀着林荫的仙村里，在那个地方，挂着两个迷人的腼腆的蓓蕾。[1]

当孩子睡时，在他唇上浮动着的微笑——有谁知道它是从什么地方生出来的？是的，有个谣传，说新月的一线年轻的清光，触着将消未消的秋云边上，于是微笑便初生在一个浴在清露里的早晨的梦中了。——当孩子睡时，微笑便在他的唇上浮动着。

甜蜜柔嫩的新鲜生气，像花一般地在孩子的四肢上开放着——有谁知道它在什么地方藏得这么久？是的，当妈妈还是一个少女的时候，它已在爱的温柔而沉静的神秘中，潜伏在她的心里了。——甜蜜柔嫩的新鲜生气，像花一般地在孩子的四肢上开放着。

阅读小结

精华点评

诗人化虚为实，由孩子的微笑，想到了睡仙，想到了新月秋云，还想到了少女的爱与梦，创造了一个优美、宁静、和谐、美好的意境，如梦如仙，令人神往——初生的人类，何以有如此美丽的生命状态？

延伸思考

如果让你用一个比喻形容初生的孩子，你会用什么比喻呢？试着写一两句话。

孩童之道

> **·导 读·**
>
> 一个孩子，裸着身子，不会说话，哭着渴望妈妈的拥抱与爱怜，这是一种自然本性，还是有什么别的缘故呢？

只要孩子愿意，他此刻便可飞上天去。

他所以不离开我们，并不是没有缘故。

他爱把他的头倚在妈妈的胸间，他即使是一刻不见她，也是不行的。

孩子知道各式各样的聪明话，虽然世间的人很少懂得这些话的意义。

他所以永不想说，并不是没有缘故。

他所要做的一件事，就是要学习从妈妈的嘴唇里说出来的话。那就是他所以看来这样天真的缘故。

孩子有成堆的黄金与珠子，但他来到这个世界上，却像一个乞丐。

他所以这样假装了来，并不是没有缘故。

这个可爱的小小的裸着身体的乞丐，所以假装着完全无助的样子，便是想要祈求妈妈的爱的财富。

孩子在纤小的新月的世界里，是一切束缚都没有的。

他所以放弃了他的自由，并不是没有缘故。

他知道有无穷的快乐藏在妈妈的心的小小一隅[①]里，被妈妈亲爱的手臂所拥抱，其甜美远胜过自由。

孩子永不知道如何哭泣。他所住的是完全的乐土。

他所以要流泪，并不是没有缘故。

---

① 隅（yú）：角落。

虽然他用了可爱的脸儿上的微笑，引逗得他妈妈的热切的心向着他，然而他的因为细故[①]而发的小小的哭声，却编成了怜与爱的双重约束的带子。

阅读小结

精华点评

从成人的角度看，儿童是不能独立行动，无知的，一无所有，只会哭闹。但是诗人从儿童的角度，否定了这一切——儿童之所以这样表现，只是为了依恋母亲。由此，诗人一方面表达了对儿童天性的高度赞美，另一方面又表达了对母爱的高度礼赞。进一步，母子之间爱恋的场景，又是诗人心中和谐美好的理想国。

延伸思考

“孩童之道”就是依恋母亲，渴求爱怜，天真自由。那么，“成人之道”又是怎样的呢？

① 细故：琐事。

不被注意的花饰

呵，谁给那件小外衫染上颜色的，我的孩子？谁使你的温软的肢体穿上那件红的小外衫的？

你在早晨就跑出来到天井里玩儿，你，跑着就像摇摇欲跌似的。

但是谁给那件小外衫染上颜色的，我的孩子？

什么事叫你大笑起来的，我的小小的命芽儿？

妈妈站在门边，微笑地望着你。

她拍着她的双手，她的手镯叮当地响着；你手里拿着你的竹竿儿在跳舞，活像一个小小的牧童。

但是什么事叫你大笑起来的，我的小小的命芽儿？

喔，乞丐，你双手攀搂住妈妈的头颈，要乞讨些什么？

喔，贪得无厌的心，要我把整个世界从天上摘下来，像摘一个果子似的，把它放在你的一双小小的玫瑰色的手掌上么？

喔，乞丐，你要乞讨些什么？

风高兴地带走了你踝铃的叮当。

太阳微笑着，望着你的打扮。

当你睡在你妈妈的臂弯里时，天空在上面望着你，而早晨蹑手蹑脚地走到你的床前，吻着你的双眼。

风高兴地带走了你踝铃的叮当。

仙乡里的梦婆飞过朦胧的天空，向你飞来。

·导　读·

诗人于一个早晨，看到孩子穿着红外衫，去天井玩，大笑，拿着竹竿儿跳舞，妈妈就在身边，玩累了就在妈妈的臂弯里睡着。这样一个普通的场景，诗人又联想到了什么？

在你妈妈的心头上，那世界母亲，正和你坐在一块儿。
他，向星星奏乐的人，正拿着他的横笛，站在你的窗边。
仙乡里的梦婆飞过朦胧的天空，向你飞来。

阅读小结

精华点评

这首诗前三节基本上用问句，表现诗人的猜想，也启发读者去想象。“谁给那件小外衫染上颜色的”“谁使你的温软的肢体穿上那件红的小外衫的”让人联想到母亲的宠爱。“什么事叫你大笑起来的”又表现了孩子的天真快乐。“喔，乞丐，你要乞讨些什么”则表现了孩子希望得到母亲全部关爱的心理。后两节不用问句，而是将风、太阳、早晨拟人化，并虚构了一个梦婆飞来的场景，描绘了一幅孩子睡在妈妈臂弯中的安宁美好的画面。

延伸思考

“不被注意的花饰”在诗中哪些地方有体现？诗人为何以此为题？

偷睡眠者

谁从孩子的眼里把睡眠偷了呢？我一定要知道。

妈妈把她的水罐挟在腰间，走到近村汲水①去了。

这是正午时候，孩子们游戏的时间已经过去；池中的鸭子沉默无声。

牧童躺在榕树的荫下睡着了。

白鹤庄重而安静地立在芒果树边的泥泽里。

就在这个时候，偷睡眠者跑来从孩子的两眼里捉住睡眠，便飞去了。

当妈妈回来时，她看见孩子四肢着地地在屋里爬着。

谁从孩子的眼里把睡眠偷了去呢？我一定要知道。我一定要找到她，把她锁起来。

我一定要向那个黑洞里张望，在这个洞里，有一道小泉从圆的有皱纹的石上滴下来。[1]

我一定要到醉花②林中的沉寂树影里搜寻，在这林中，鸽子在它们住的地方咕咕叫着，仙女的脚环在繁星满天的静夜里叮当响着。

我要在黄昏时，向静静的萧萧的竹林里窥望，在这林中，萤火虫闪闪地耗费它们的光明，只要遇见一个人，我便要问他："谁能告诉我偷睡眠者住在什么地方？"

谁从孩子的眼里把睡眠偷了去呢？我一定要知道。

·导　读·

一个不肯午睡的孩子，引发了诗人对谁偷去孩子睡眠的思考，以及抓住偷睡眠者的行动。这样的想法和做法会不会很有趣？

[1] 孩子的眼睛，如同泉水，多么清澈，中间的瞳仁，如圆而有皱的石头，又黑又亮。

① 汲水：从井里打水。
② 醉花：指香榄，俗称牛乳树。花白色，芳香。

只要我能捉住她，怕不会给她一顿好教训！

我要闯入她的巢穴，看她把所有偷来的睡眠藏在什么地方。

我要把它们都夺来，带回家去。

我要把她的双翼缚得紧紧的，把她放在河边，然后叫她拿一根芦苇，在灯芯草和睡莲间钓鱼为戏。

黄昏，街上已经收了市，村里的孩子们都坐在妈妈的膝上时，夜鸟便会讥笑地在她耳边说："你现在还想偷谁的睡眠呢？"[1]

[1]偷睡眠者自己也要入睡了。

阅读小结

精华点评

孩子不肯入睡，大人可能很生气，但不是生孩子的气，而是生那个偷走孩子睡眠者的气。大人设想，去抓住这个偷睡眠的贼，把她绑起来，让她"拿一根芦苇，在灯芯草和睡莲间钓鱼为戏"。这样的惩罚，恰恰是孩子喜欢的。可见，诗人是以儿童的心理与思维来对待偷睡眠者的，童趣就是这样产生的。

延伸思考

你的童年有没有一些有趣的举动？请写出一两件，与这首诗做一个比较。

开　始

“我是从哪儿来的？你，在哪儿把我捡起来的？”孩子问他的妈妈说。

她把孩子紧紧地搂在胸前，半哭半笑地答道——

“你曾被我当作心愿藏在我的心里，我的宝贝。

“你曾存在于我孩童时代玩的泥娃娃身上；每天早晨我用泥土塑造我的神像，那时我反复地塑了又捏碎了的就是你。

“你曾和我们的家庭守护神一同受到祀奉，我崇拜家神时也就崇拜了你。

“你曾活在我所有的希望和爱情里，活在我的生命里，我母亲的生命里。

“在主宰着我们家庭的不死的精灵的膝上，你已经被抚育了好多代了。

“当我做女孩子的时候，我的心的花瓣儿张开，你就像一股花香似的散发出来。

“你的软软的温柔，在我青春的肢体上开花了，像太阳出来之前的天空上的一片曙光。

“上天的第一宠儿，晨曦的孪生兄弟，你从世界的生命的溪流浮泛而下，终于停泊在我的心头。

“当我凝视你的脸蛋儿的时候，神秘之感湮没了我；你这属于一切人的，竟成了我的。

“为了怕失掉你，我把你紧紧地搂在胸前。是什么魔术把这世界的宝贝引到我这双纤小的手臂里来的呢？”

·导　读·

在母亲的眼中，一个孩子是从哪儿来的呢？请你设想一下。

阅读小结

精华点评

诗作以一个妈妈的口吻，回答孩子提出的“自己从哪里来”的问题，表达了妈妈对孩子的疼爱与珍惜。妈妈说，孩子是自己从小的心愿，是家庭的神，是一代代生命的延续，更是一切人的，是世界的宝贝。由此看来，诗人歌颂孩子，是把孩子看作世界的开始，是生命的源头，是一切希望与美好的起点。

延伸思考

一个孩子的诞生，可能承载着什么？结合这首诗作，联系你的家庭，说说你的理解。

孩子的世界

我愿我能在我孩子的自己的世界的中心，占一角清净地。

我知道有星星同他说话，天空也在他面前垂下，用它傻傻的云朵和彩虹来娱悦他。

那些大家以为他是哑的人，那些看去像是永不会走动的人，都带了他们的故事，捧了满装着五颜六色的玩具的盘子，匍匐地来到他的窗前。

我愿我能在横过孩子心中的道路上游行，解脱了一切的束缚；

在那儿，使者奉了无所谓的使命奔走于无史的诸王的王国间；

在那儿，理智以她的法律造为纸鸢[①]而飞放，真理也使事实从桎梏[②]中自由了。

·导 读·

孩子的世界里，究竟有些什么呢？

阅读小结

精华点评

泰戈尔笔下的孩子，有着闪闪发亮的世界，有着让别人羡慕的那份纯净无邪：没有使命的束缚，也没有历史的负担，更没有被遮蔽的事实，只有理智和真理在高扬。孩子的世界，寄托了诗人美好的社会理想。

延伸思考

成人的世界，又是什么样子的呢？

① 纸鸢（yuān）：风筝。风筝最早的造型是用绢或纸做成鹰，放飞时真的像雄鹰在空中翱翔。
② 桎梏（zhì gù）：木制的镣铐。指拘系、囚禁；束缚、压制。

时候与原因

·导读·

孩子活泼可爱，究竟是什么原因呢？

当我给你五颜六色的玩具的时候，我的孩子，我明白了为什么云上水上是这样的色彩缤纷，为什么花朵上染上绚烂的颜色——当我给你五颜六色的玩具的时候，我的孩子。

当我唱着使你跳舞的时候，我真的知道了为什么树叶儿响着音乐，为什么波浪把它们的合唱送进静听着的大地的心头——当我唱着使你跳舞的时候。

当我把糖果送到你贪得无厌的双手上的时候，我知道了为什么在花萼①里会有蜜，为什么水果里会秘密地充溢了甜汁——当我把糖果送到你贪得无厌的双手上的时候。

当我吻着你的脸蛋儿叫你微笑的时候，我的宝贝，我真切地明白了在晨光里从天上流下来的是什么样的快乐，而夏天的微风吹拂在我的身体上的又是什么样的爽快——当我吻着你的脸蛋儿叫你微笑的时候。

① 花萼（è）：花的组成部分，由若干萼片组成，包在花瓣外面，花开时托着花冠。这里指花。

阅读小结

精华点评

诗人看到孩子，就联想到大自然一切美好的景象。孩子如花，孩子如歌，孩子如蜜，孩子如风。孩子的美好，就是自然的美好。孩子的天性，就是自然的本性。人与自然的和谐美好，在孩子身上体现得最为明显。那么，人何不拾回孩子的天性，重建一个童真的世界？

延伸思考

孩子，总让我们联想到自然界一些美好的事物。你能否列举一二？

责备

·导 读·

每个孩子在成长的过程中都会遇到长辈（特别是父母和老师）的责备。他们感到委屈，但又无法辩护。诗作中的这位父亲，又是如何辩护的呢？

为什么你眼里有了眼泪，我的孩子？

他们真是可怕，常常无谓地责备你！

你写字时墨水玷污了你的手和脸——这就是他们骂你龌龊[①]的缘故么？

呵，呸！他们也敢因为圆圆的月儿用墨水涂了脸，便骂它龌龊么？

他们总要为了每一件小事去责备你，我的孩子。他们总是无谓地寻人错处。

你游戏时扯破了你的衣服——这就是他们说你不整洁的缘故么？

呵，呸！秋之晨从它的破碎的云衣中露出微笑。那么，他们要叫它什么呢？

他们对你说什么话，尽管可以不去理睬他，我的孩子。

他们把你做错的事长长地记了一笔账。

谁都知道你是十分喜欢糖果的——这就是他们称你做贪婪的缘故么？

呵，呸！我们是喜欢你的，那么，他们要叫我们什么呢？

① 龌龊（wò chuò）：不干净，脏。

阅读小结

精华点评

诗人为孩子做的辩护，用的是孩子的思维、孩子的语言，展现的是孩子能够理解的世界。而这一切，源于“我们是喜欢你的”，这是最好的安慰。理解孩子，关键是要有爱心，有了爱心，也就有了童心，不会总是用成人的标准要求孩子了。

延伸思考

你认为诗中的爱，是不是溺爱、纵容？

审判官

·导 读·

什么样的人才有资格责备孩子?

你想说他什么尽管说吧，但是我知道我孩子的短处。

我爱他并不因为他好，只是因为他是我的小小的孩子。

你如果把他的好处与坏处两两相权[①]，恐怕你就会知道他是如何的可爱吧?

当我必须责罚他的时候，他更成为我的生命的一部分了。

当我使他眼泪流出时，我的心也和他同哭了。

只有我才有权去骂他，去责备他；因为只有热爱人的才可以惩戒人。

阅读小结

精华点评

诗作写一位母亲以“审判官”的眼光对孩子的“好处与坏处”相权、审视，当她“责罚”孩子时，她“也和他同哭”，更觉得孩子成为母亲“生命的一部分”。母亲由此对“责罚”有了哲理性的感悟:“只有热爱人的才可以惩戒人。”这个认识是深刻的，它告诉一切教育者：爱是责罚的动机和出发点，爱也是责罚的归宿和目的地。没有爱，你是无权责罚的；没有爱的惩罚是冷酷的折磨，而不是教育。这是检验教育手段的一把尺子和试金石，值得人们借鉴和反思。

延伸思考

如果我们审判他人，我们应当持什么态度?

① 权：比较。

玩具

孩子，你真是快活呀！一早晨坐在泥土里，要着折下来的小树枝儿。

我微笑着看你在那里要弄那根折下来的小树枝儿。

我正忙着算账，一小时一小时在那里加叠数字。

也许你在看我，想道：这种好没趣的游戏，竟把你一早晨的好时间浪费掉了！

孩子，我忘了聚精会神玩要树枝与泥饼的方法了。

我寻求贵重的玩具，收集金块与银块。

你呢，无论找到什么便去做你的快乐的游戏；我呢，却把我的时间与力气都浪费在那些我永不能得到的东西上。

我在我的脆薄的独木船里挣扎着，要航过欲望之海，竟忘了我也是在那里做游戏了。

·导 读·

孩子的玩具会有哪些？在这些玩具上他获得了什么？

阅读小结

精华点评

孩子的玩具很简单，大人的玩具很复杂；孩子获得了直接的快乐，大人却陷在欲望的海洋。那么，大人们应该放慢生活的脚步，跟着孩子的节奏，享受简单而直接的快乐！

延伸思考

回忆一下，你童年时玩过哪些玩具？它们带给你什么快乐？

天文家

·导 读·

孩子总是认为星星、月亮可以摘到，真的可以摘到吗？

我不过说：“当傍晚圆圆的满月挂在迦昙波的枝头时，有人能去捉住它么？”

哥哥却对我笑道：“孩子呀，你真是我所见到的顶顶傻的孩子。月亮离我们这样远，谁能去捉住它呢？”

我说：“哥哥，你真傻！当妈妈向窗外探望，微笑着往下看我们游戏时，你也能说她远么？”

哥哥还是说：“你这个傻孩子！但是，孩子，你到哪里去找一个大得能逮住月亮的网呢？”

我说：“你自然可以用双手去捉住它呀。”

但是哥哥还是笑着说：“你真是我所见到的顶顶傻的孩子！如果月亮走近了，你便知道它是多么大了。”

我说：“哥哥，你们学校里所教的，真是没有用呀！当妈妈低下脸儿跟我们亲嘴时，她的脸看来也是很大的么？”

但是哥哥还是说：“你真是一个傻孩子。”

阅读小结

精华点评

从感性的角度看，月亮是美好的，温柔的，亲近的；从理性的角度看，月亮是冰冷的，坚硬的，遥远的。那么，我们该如何看月亮呢？为什么随着知识增多，我们就不再拥有曾经美好的梦想？

延伸思考

弟弟真是一个傻孩子吗？说说你的看法。

云与波

> **·导 读·**
> 对于孩子来说，外界充满诱惑，可是，能不能离开母亲的怀抱呢？这是个难题。

妈妈，住在云端的人对我唤道——

“我们从醒的时候游戏到白日终止；我们与黄金色的曙光游戏，我们与银白色的月亮游戏。”

我问道：“但是，我怎么能够上你那里去呢？”

他们答道：“你到地球的边上来，举手向天，就可以被接到云端里来了。”

“我妈妈在家里等我呢，”我说，“我怎么能离开她而来呢？”

于是他们微笑着浮游而去。

但是我知道一件比这个更好的游戏，妈妈。

我做云，你做月亮。

我用两只手遮盖你，我们的屋顶就是青碧的天空。

住在波浪上的人对我唤道：

“我们从早晨唱歌到晚上；我们前进又前进地旅行，也不知我们所经过的是什么地方。”

我问道：“但是，我怎么能加入你们队伍里去呢？”

他们告诉我说：“来到岸旁，站在那里，紧闭你的两眼，你就被带到波浪上来了。”

我说：“傍晚的时候，我妈妈常要我在家里——我怎么能离开她而去呢！”

于是他们微笑着，跳着舞奔流过去。

但是我知道一个比这更好的游戏。

我是波浪，你是陌生的岸。

我奔流而进，进，进，笑哈哈地撞碎在你的膝上。

世界上就没有一个人会知道我们俩在什么地方。

阅读小结

精华点评

孩子渴望走向广阔的世界，又离不开妈妈的怀抱。

延伸思考

孩子长大了，就可以离开妈妈的怀抱，一个人自由自在地在外面的世界里游玩，是这样的吗？

金色花

假如我变成了一朵金色花[①]，为了好玩，长在树的高枝上，笑嘻嘻地在空中摇摆，又在新叶上跳舞，妈妈，你会认识我么？

你要是叫道："孩子，你在哪里呀？"我暗暗地在那里匿笑[②]，却一声儿不响。

我要悄悄地开放花瓣儿，看着你工作。

当你沐浴后，湿发披在两肩，穿过金色花的林荫，走到做祷告的小庭院时，你会嗅到这花香，却不知道这香气是从我身上来的。

当你吃过午饭，坐在窗前读《罗摩衍那》[③]，那棵树的阴影落在你的头发与膝上时，我便要将我小小的影子投在你的书页上，正投在你所读的地方。

但是你会猜得出这就是你孩子的小小影子吗？

当你黄昏时拿了灯到牛棚里去，我便要突然地再落到地上来，又成了你的孩子，求你讲故事给我听。

"你到哪里去了，你这坏孩子？"

"我不告诉你，妈妈。"这就是你同我那时所要说的话了。

·导　读·

一个孩子在白天离开妈妈去外面玩耍，但是他又眷恋着妈妈，那么，他会设想自己化身什么，才能依恋妈妈？

① 金色花：又译作"瞻波伽"或"占博迦"，印度圣树，木兰花属植物，开金黄色碎花。
② 匿笑：偷偷地笑。匿：隐藏，不让人知道。
③《罗摩衍那》：印度的一部叙事诗，写罗摩和妻子悉多悲欢离合的故事。

阅读小结

精华点评

一个天真可爱而又有点调皮的孩子，幻想自己变成金色花，为妈妈散发花香，为妈妈读书时遮阳，到了傍晚才回家现出原形。这样美好而神秘的画面，可以看作母亲的意念：孩子就在身边，就在那些美好的事物身上。也可以看作孩子的意念：孩子想偷偷离开母亲，化身美好的事物来娱悦母亲。

延伸思考

孩子为什么要偷偷地娱悦他的母亲？为什么宁愿受到母亲的责怪也不告诉她？说说你的理解。

仙人世界

> **·导 读·**
>
> 孩子眼中的仙人世界在哪里？都有哪些仙人呢？

如果人们知道了我的国王的宫殿在哪里，它就会消失在空气中的。

墙壁是白色的银，屋顶是耀眼的黄金。

皇后住在有七个庭院的宫苑里；她戴的一串珠宝，值得整整七个王国的全部财富。

不过，让我悄悄地告诉你，妈妈，我的国王的宫殿究竟在哪里。

它就在我们阳台的角上，在那栽着杜尔茜花[①]的花盆放着的地方。

公主躺在远远的隔着七个不可逾越的重洋的那一岸沉睡着。

除了我自己，世界上便没有人能够找到她。

她臂上有镯子，她耳上挂着珍珠；她的头发拖到地板上。

当我用我的魔杖点触她的时候，她就会醒过来，而当她微笑时，珠玉将会从她唇边落下来。

不过，让我在你的耳朵边悄悄地告诉你，妈妈，她就住在我们阳台的角上，在那栽着杜尔茜花的花盆放着的地方。

当你要到河里洗澡的时候，你走上屋顶的那座阳台来吧。

我就坐在墙的阴影所聚会的一个角落里。

我只让小猫儿跟我在一起，因为它知道那故事里的

---

① 杜尔茜花：又名圣罗勒，半灌木，可入药。

理发匠住的地方。

不过，让我在你的耳朵边悄悄地告诉你，那故事里的理发匠到底住在哪里。

他住的地方，就在阳台的角上，在那栽着杜尔茜花的花盆放着的地方。

阅读小结

精华点评

孩子仅凭一盆花草，就可以构想出一个仙人的世界，寄托他们的梦想，而且，为了让梦想延续，他们把梦想藏在家中一个隐秘的地方，只告诉给妈妈。孩子的世界很大，大到整个自然；孩子的世界很小，只有小猫儿可以知道。自然界的一角天地，便是孩子的乐园，自然界的一草一木，都带给孩子无穷的乐趣。不要小看孩子构造的梦想世界，等他们长大，这些美丽的梦想恰是改造我们成人世界的动力。

延伸思考

为什么大人会对孩子构造的“宫殿”等不屑一顾，嗤之以鼻？

流放的地方

妈妈，天空上的光成了灰色了；我不知道是什么时候了。

我玩得怪没劲儿的，所以到你这里来了。这是星期六，是我们的休息日。

放下你的活计，妈妈；坐在靠窗的一边，告诉我童话里的特潘塔沙漠在什么地方？

雨的影子遮掩了整个白天。

凶猛的电光用它的爪子抓着天空。

当乌云在轰轰地响着，天打着雷的时候，我总爱心里带着恐惧爬伏到你的身上。

当大雨倾泻在竹叶子上好几个钟头，而我们的窗户被狂风震得格格发响的时候，我就爱独自和你坐在屋里，妈妈，听你讲童话里的特潘塔沙漠的故事。

它在哪里，妈妈，在哪一个海洋的岸上，在哪些个山峰的脚下，在哪一个国王的国土里？

田地上没有此疆彼壤的界石，也没有村人在黄昏时走回家的，或妇人在树林里捡拾枯枝而捆载到市场上去的道路。沙地上只有一小块一小块的黄色草地，只有一株树，就是那一对聪明的老鸟儿在那里做窝的，那个地方就是特潘塔沙漠。

我能够想象得到，就在这样一个乌云密布的日子，国王的年轻的儿子，怎样地独自骑着一匹灰色马，走过这个沙漠，去寻找那被囚禁在不可知的重洋之外的巨人宫里的公主。

当雨雾在遥远的天空下降，电光像一阵突然发作的

·导　读·

大自然并不总是风和日丽的，童话中的王子与公主也未必能幸福地生活在一起。于是，在风雨交加之际，妈妈给孩子讲了一个流放的故事。这究竟是一个什么故事呢？

痛楚的痉挛似的闪射的时候，他可记得他的不幸的母亲，为国王所弃，正在扫除牛棚，眼里流着眼泪，当他骑马走过童话里的特潘塔沙漠的时候？

看，妈妈，一天还没有完，天色就差不多黑了，那边村庄的路上没有什么旅客了。

牧童早就从牧场上回家了，人们都已从田地里回来，坐在他们草屋檐下的草席上，眼望着阴沉的云块。

妈妈，我把我所有的书本都放在书架上了——不要叫我现在做功课。

当我长大了，大得像爸爸一样的时候，我将会学到必须学的东西的。

但是，今天你可得告诉我，妈妈，童话里的特潘塔沙漠在什么地方？

阅读小结

精华点评

童话中，王子要去寻找被囚禁的公主，而他的母亲又被国王弃在牛棚里。屋外风雨交加，孩子在揪心，他想知道童话中的流放地，即特潘塔沙漠究竟在哪里。显然，妈妈给孩子讲苦难的童话，目的是让孩子知道外面的世界充满了痛苦，同时也培养孩子对他们命运的同情之心。

延伸思考

你读过或听过哪些苦难的童话？你当时有什么反应？

雨 天

·导 读·

在一个孩子的眼中，恒河边雨天的景象又是怎样的呢?

乌云很快地集拢在森林的黝黑的边缘上。

孩子，不要出去呀!

湖边的一行棕树，向暝暗的天空撞着头；羽毛零乱的乌鸦，静悄悄地栖在罗望子树的枝上，河的东岸正被乌沉沉的暝色所侵袭。

我们的牛系在篱上，高声鸣叫。

孩子，在这里等着，等我先把牛牵进牛棚里去。

许多人都挤在池水泛溢的田间，捉那从泛溢的池中逃出来的鱼儿。雨水成了小河，流过狭衖[①]，好像一个嬉笑的孩子从他妈妈那里跑开，故意要恼她一样。

听呀，有人在浅滩上喊船夫呢。

孩子，天色暝暗了，渡头的摆渡船已经停了。

天空好像是在滂沱的雨上快跑着；河里的水喧叫而且暴躁；妇人们早已拿着汲满了水的水罐，从恒河畔匆匆地回家了。

夜里用的灯，一定要预备好。

孩子，不要出去呀!

到市场去的大道已没有人走，到河边的小路又很滑。风在竹林里咆哮着，挣扎着，好像一只落在网中的野兽。

① 衖（xiàng）：巷。

阅读小结

精华点评

诗人以一个孩子的口吻，描写恒河边雨天傍晚的场景，生动如画。母亲反复叮嘱:“孩子，不要出去呀!”可见母亲的关心。但是，孩子毕竟要长大的，去经历风雨的，那么，母亲又是如何关心孩子的呢?

延伸思考

风雨天，你在外，父母是如何惦念着你的?

纸 船

我每天把纸船一个个放在急流的溪中。

我用大黑字写我的名字和我住的村名在纸船上。

我希望住在异地的人会得到这纸船，知道我是谁。

我把园中长的秀利花载在我的小船上，

希望这些黎明开的花能在夜里被平平安安地带到岸上。

我投我的纸船到水里，仰望天空，

看见小朵的云正在张着满鼓着风的白帆。

我不知道天上有我的什么游伴把这些船放下来同我的船比赛！

夜来了，我的脸埋在手臂里，

梦见我的船在子夜的星光下缓缓地浮泛前去。

睡仙坐在船里，带着满载着梦的篮子。

·导 读·

一个孩子，把纸船放在溪流中，他有什么愿望和梦想呢？

阅读小结

精华点评

小小的纸船，承载着孩子去远方的梦想。这样的旅程，也是有趣的，花儿做伴，云儿竞赛，睡仙织梦……

延伸思考

如果让你给纸船命一个名字，你取什么名字？

水 手

·导 读·

孩子总是渴望了解外面的世界，可是他又明白妈妈的惦念，他该如何做呢？

船夫曼特胡的船只停泊在拉琪根琪码头。

这只船无用地装载着黄麻，无所事事地停泊在那里已经好久了。

只要他肯把他的船借给我，我就给它安装一百只桨，扬起五个或六个或七个布帆来。

我决不把它驾驶到愚蠢的市场上去。

我将航行遍仙人世界里的七个大海和十三条河道。

但是，妈妈，你不要躲在角落里为我哭泣。

我不会像罗摩犍陀罗[①]似的，到森林中去，一去十四年才回来。

我将成为故事中的王子，把我的船装满了我所喜欢的东西。

我将带我的朋友阿细和我做伴，我们要快快乐乐地航行于仙人世界里的七个大海和十三条河道。

我将在绝早的晨光里张帆航行。

中午，你正在池塘里洗澡的时候，我们将在一个陌生的国王的国土上了。

我们将经过特浦尼浅滩，把特潘塔沙漠抛落在我们的后边。

当我们回来的时候，天色快黑了，我将告诉你我们所见到的一切。

我将越过仙人世界里的七个大海和十三条河道。

① 罗摩犍陀罗：罗摩，《罗摩衍那》诗中的主角。为了履行对父亲的诺言，维持兄弟间的友爱，他抛弃了继承王位的权利，和妻子在森林里生活了14年。

阅读小结

精华点评

父母在，不远游。诗中的“我”是温顺的，尽管他一样要去周游世界，但总是记得天黑了就回家，告诉妈妈外面的世界……

延伸思考

你在外面游玩的时候，会不会想到母亲在家盼望的神情？

对 岸

·导 读·

河的对岸，是孩子极力想探索的自然的乐园，那里面有些什么呢？

我渴望到河的对岸去。

在那边，很多船只一排排系在竹竿上；

人们在早晨乘船渡过那边去，肩上扛着犁头，去耕耘他们的远处的田；

在那边，牧人使他们鸣叫着的牛游泳到河旁的牧场去；

黄昏的时候，他们都回家了，只留下豺狼在这长满着野草的岛上哀叫。

妈妈，如果你不介意，我长大的时候，要做这渡船的船夫。

据说有好些古怪的池塘藏在这个高岸之后。

雨过去了，一群一群的野鸭飞到那里去。

茂盛的芦苇在岸边四周生长，水鸟在那里生蛋；

竹鸡摇着跳舞的尾巴，将它们细小的足印印在洁净的软泥上；

黄昏的时候，长草顶着白花，邀月光在长草的波浪上浮游。

妈妈，如果你不介意，我长大的时候，要做这渡船的船夫。

我要自此岸至彼岸，渡过来，渡过去，所有村中正在那儿沐浴的男孩女孩，都要诧异地望着我。

太阳升到中天，早晨变为正午了，我将跑到您那里去，说道：“妈妈，我饿了！”

一天完了，影子俯伏在树底下，我便要在黄昏中回家来。

我将永远不像爸爸那样，离开你到城里去做事。

妈妈，如果你不介意，我长大的时候，要做这渡船的船夫。

阅读小结

精华点评

“我将永远不像爸爸那样，离开你到城里去做事。”这一句一下子把全诗的意蕴提升了。作者描写河对岸生机勃勃的世界，暗示这样的自然世界原来是我们遗失很久了的。而孩子愿意做船夫，把人们渡向那片自然美好和谐宁静的世界，又是多么崇高的理想啊。

延伸思考

很多人都在赞美田园牧歌的生活，可是并没有多少人真正如陶渊明一样回归田园，这是为什么呢？

花的学校

·导 读·

我们曾把孩子比作祖国的花朵，可是，看到地上的花朵，你能想象到它们就是一个个孩子吗？它们又是哪里的孩子？在干什么？要到哪里去？

当雷云在天上轰响，六月的阵雨落下的时候，

湿润的东风走过荒野，在竹林中吹着口笛。

于是，一群一群的花从无人知道的地方突然跑出来，在草地上狂欢地跳着舞。

妈妈，我真的觉得那群花朵是在地下的学校里上学。

它们关了门做功课。如果它们想在放学以前出来游戏，它们的老师是要罚它们站墙角的。

雨一来，它们便放假了。

树枝在林中互相碰触着，绿叶在狂风里簌簌地响，雷云拍着大手。这时，花孩子们便穿了紫的、黄的、白的衣裳，冲了出来。

你可知道，妈妈，它们的家是在天上，在星星所住的地方。

你没有看见它们怎样地急着要到那儿去吗？你不知道它们为什么那样急急忙忙吗？

我自然能够猜得出它们是对谁扬起双臂来，它们也有它们的妈妈，就像我有我自己的妈妈一样。

阅读小结

精华点评

花一样的孩子，花一样的想象。在儿童的眼中，花儿如孩子一样，在学校里被禁锢着，等到放假的时候就绽放出五颜六色，就渴盼着回到闪闪的星星，寻找它们的妈妈。对自由的家的眷恋，对疼爱自己的母亲的依恋，就在这充满稚趣的语言之中。

延伸思考

解放儿童，让孩子回归自然，是不是当前儿童教育中缺失的一部分?

商 人

·导 读·

商人外出经商，回家会带来金银财宝；孩子如果外出，回家给家人带礼品，他会给爸爸妈妈带什么回来呢？

妈妈，让我们想象，你待在家里，我到异邦去旅行。

再想象，我的船已经装得满满的，在码头上等候启碇[①]了。

现在，妈妈，你想一想告诉我，回来时我要带些什么给你。

妈妈，你要一堆一堆的黄金么？

在金河的两岸，田野里全是金色的稻实。

在林荫的路上，金色花也一朵一朵地落在地上。

我要为你把它们全都收拾起来，放在好几百个篮子里。

妈妈，你要秋天的雨点一般大的珍珠么？

我要渡海到珍珠岛的岸上去。

那个地方，在清晨的曙光里，珠子在草地的野花上颤动，珠子落在绿草上，珠子被汹狂的海浪一大把一大把地撒在沙滩上。

我的哥哥呢，我要送他一对有翼的马，会在云端飞翔的。

爸爸呢，我要带一支有魔力的笔给他，他还没有感觉到，笔就写出字来了。

你呢，妈妈，我要把值七个王国的首饰箱和珠宝送给你。

① 启碇（dìng）：起锚，开船的意思。碇，系船的石礅。

阅读小结

精华点评

在孩子眼中，没有黄金和珍珠的概念，或者说黄金就是金黄的稻实和金色花，珍珠就是雨露、浪花点点，它们能养活人类，滋润万物。也许，孩子的想法才是对的。我们常常把一些无用的东西当作宝物。

延伸思考

你出门在外，回家时给家人带过什么礼物？为什么选这个礼物？

同 情

·导 读·

一个孩子，面对小动物的受伤或者不公平的待遇，他会怎么做呢？

如果我只是一只小狗，而不是你的小孩，亲爱的妈妈，当我想吃你的盘里的东西时，你要向我说“不”么？

你要赶开我，对我说道，“滚开，你这淘气的小狗”么？

那么，走吧，妈妈，走吧！当你叫唤我的时候，我就永不到你那里去，也永不要你再喂我吃东西了。

如果我只是一只绿色的小鹦鹉，而不是你的小孩，亲爱的妈妈，你要把我紧紧地锁住，怕我飞走么？

你要对我指指点点地说道，“怎样的一个不知感恩的贱鸟呀！整夜地尽在咬它的链子”么？

那么，走吧，妈妈，走吧！我要跑到树林里去；我就永不再让你抱我在你的臂里了。

阅读小结

精华点评

母亲的爱，是有差别的；而孩子的眼中，爱应当是平等的，广博的。母亲对小狗、小鹦鹉的责备让他感到难过，他似乎感觉到自己也可能如一只小狗、小鹦鹉一样，于是选择了躲开母亲，不要母亲的爱。孩子的这种心理在成人看来不太正常，其实正表明孩子心中的爱超越了母子之爱乃至人类之爱的狭隘，不只是“老吾老以及人之老，幼吾幼以及人之幼”，还及于万物。

延伸思考

在孩子心中，小动物可能比人更亲近。这是为什么呢？为什么随着人的成长，爱逐渐有了差别等级？

职 业

·导 读·

孩子想从事什么工作呢？他为什么要从事这个工作？

早晨，钟敲十下的时候，我沿着我们的小巷到学校去。

每天我都遇见那个小贩，他叫道："镯子呀，亮晶晶的镯子！"

他没有什么事情急着要做，他没有哪条街道一定要走，他没有什么地方一定要去，他没有什么规定的时间一定要回家。

我愿意我是一个小贩，在街上过日子，叫着："镯子呀，亮晶晶的镯子！"

下午四点钟，我从学校里回家。

从一家门口，我看见一个园丁在那里掘地。

他用他的锄子，要怎么掘，便怎么掘，他被尘土污了衣裳。如果他被太阳晒黑了或是身上被打湿了，都没有人骂他。

我愿意我是一个园丁，在花园里掘地，谁也不来阻止我。

天色刚黑，妈妈就送我上床。

从开着的窗口，我看见更夫走来走去。

小巷又黑又冷清，路灯立在那里，像一个头上生着一只红眼睛的巨人。

更夫摇着他的提灯，跟他身边的影子一起走着，他一生一次都没有上床去过。

我愿意我是一个更夫，整夜在街上走，提了灯去追逐影子。

阅读小结

精华点评

在孩子眼中，职业无贵贱，而且，都很有意义。诗人借小孩的视角，传递给我们正确的职业观：职业没有高低贵贱之分，每个职业都会给我们带来美好的感受；只要我们热爱生活，甘于奉献，在平凡的工作中就会发现自由、快乐。

延伸思考

如果问问小贩、园丁和更夫，他们对自己职业的看法又是如何呢？为什么会有这样的看法？

长　者

妈妈，你的孩子真傻！她是那么可笑地不懂事！

她不知道路灯和星星的分别。

当我们玩着把小石子当食物的游戏时，她便以为它们真是吃的东西，竟想放进嘴里去。

当我翻开一本书，放在她面前，在她读 a、b、c 时，她却用手把书页撕了，无端快活地叫起来；你的孩子就是这样做功课的。

当我生气地对她摇头，骂她，说她顽皮时，她却哈哈大笑，以为很有趣。

谁都知道爸爸不在家，但是，如果我在游戏时高声叫一声“爸爸”，她便高兴地四面张望，以为爸爸真是近在身边。

当我把洗衣人带来的运载衣服回去的驴子当作学生，并且警告她说，我是老师，她却无缘无故地乱叫起我哥哥来。

你的孩子要捉月亮。

她是这样的可笑；她把格尼许[①]唤作琪奴许。

妈妈，你的孩子真傻，她是那么可笑的不懂事！

·导　读·

长者都认为孩子傻。孩子傻在何处？

阅读小结

精华点评

孩子不会区分真与假，美与丑，善与恶，也不会区分快乐与忧愁，有趣与无趣，可笑与可恶，率真与愚蠢，或者说，他们只有有趣、快乐、可笑、率真。

延伸思考

孩子真傻吗？是知识上的傻还是情感上的痴？

① 格尼许：印度教中毁灭之神湿婆的儿子，象头人身。同时也是现代印度人最喜欢用来做名字的一个词。

小大人

·导 读·

孩子渴望长大，像爸爸一样，是为什么呢？

我人很小，因为我是一个小孩子，到了我像爸爸一样年纪时，便要变大了。

我的先生要是走来说道：“时候晚了，把你的石板，你的书拿来。”

我便要告诉他道：“你不知道我已经同爸爸一样大了么？我决不再学什么功课了。”

我的先生便将惊异地说道：“他读书不读书可以随便，因为他是大人了。”

我将自己穿了衣裳，走到人群拥挤的市场里去。

我的叔叔要是跑过来说道：“你要迷路了，我的孩子，让我领着你吧。”

我便要回答道：“你没有看见么，叔叔，我已经同爸爸一样大了？我决定要独自一个人到市场里去。”

叔叔便将说道：“是的，他随便到哪里去都可以，因为他是大人了。”

当我正拿钱给我保姆时，妈妈便要从浴室中出来，因为我是知道怎样用我的钥匙去开银箱的。

妈妈要是说道：“你在做什么呀，顽皮的孩子？”

我便要告诉她道：“妈妈，你不知道我已经同爸爸一样大了么？我必须拿钱给保姆。”

妈妈便将自言自语道：“他可以随便把钱给他所喜欢的人，因为他是大人了。”

当十月里放假的时候，爸爸将要回家，他会以为我还是一个小孩子，为我从城里带了小鞋子和小绸衫来。我便要说道："爸爸，把这些东西给哥哥吧，因为我已经同你一样大了。"

爸爸便将想了一想，说道："他可以随便去买他自己穿的衣裳，因为他是大人了。"

阅读小结

精华点评

孩子希望自己长大，和爸爸一样大，就可以不用读书，随便进入市场，拿钱给保姆，不再穿小鞋小衫了。这样的想法也许很幼稚，但反过来，成年人就可以不读书，就可以一个人乱逛，随便给钱，想穿什么衣裳就穿什么衣裳，这样的做法是否合理呢？

延伸思考

孩子为什么讨厌功课？他的想法对吗？

十二点钟

·导 读·

十二点钟，还不是下课的时候。在这个时刻，孩子会想象着什么呢？

妈妈，我真想现在不做功课了。我整个早晨都在念书呢。

你说，现在还不过是十二点钟。

假定不会晚过十二点吧；难道你不能把不过是十二点钟想象成下午么？

我能够很容易地想象：现在太阳已经到了那片稻田的边缘上了，老态龙钟的渔婆正在池边采撷[①]香草作她的晚餐。

我闭上了眼就能够想到，马塔尔树下的阴影是更深黑了，池塘里的水看起来黑得发亮。

假如十二点钟能够在黑夜里来到，为什么黑夜不能在十二点钟的时候来到呢？

阅读小结

精华点评

对无趣的上学，孩子期待时间流逝得更快；如果不能，他们会用想象来加快时间的流逝。

延伸思考

我们有能力将时间提前或推后吗？

① 采撷（xié）：采摘，摘取。

著作家

你说爸爸写了许多书，但我不懂得他所写的东西。

他整个黄昏读书给你听，但是你真懂得他的意思么？

妈妈，你给我们讲的故事，真是好听呀！我很奇怪，爸爸为什么不能写那样的书呢？

难道他从来没有从他自己的妈妈那里听见过巨人、神仙和公主的故事么？

还是已经完全忘记了？

他常常耽误了沐浴，你不得不走去叫他一百多次。

你总要等候着，把他的菜温着等他，但他忘了，还尽管写下去。

爸爸老是以著书为游戏。如果我一走进爸爸房里去游戏，你就要走来叫道："真是一个顽皮的孩子！"

如果我稍微弄出一点声音，你就要说："你没有看见你爸爸正在工作么？"

老是写了又写，有什么趣味呢？

当我拿起爸爸的钢笔或铅笔，像他一模一样地在他的书上写着，a，b，c，d，e，f，g，h，i，——那时，你为什么跟我生气呢，妈妈？

爸爸写时，你却从来不说一句话。

当我爸爸耗费了那么一大堆纸时，妈妈，你似乎全不在乎。

但是，如果我只取了一张纸去做一只船，你却要说："孩子，你真讨厌！"

你对于爸爸拿黑点子涂满了纸的两面，污损了许多许多张纸，你心里以为怎样呢？

阅读小结

精华点评

著作家爸爸写的不是孩子喜欢的故事，而且废寝忘食，毫无趣味；可是，孩子画字母，用纸折船，这么有趣的事，妈妈却很讨厌，孩子实在不明白。孩子不理解大人的“游戏”是自然，而成人不理解孩子的游戏，则是童心的丧失。

延伸思考

孩子认为，父亲泰戈尔以著书为游戏。你认为呢？

恶邮差

你为什么坐在那边地板上不言不动的？告诉我呀，亲爱的妈妈。

雨从开着的窗口打进来了，把你身上全打湿了，你却不管。

你听见钟已打四下了么？正是哥哥从学校里回家的时候了。

到底发生了什么事，你的神色这样不对？

你今天没有接到爸爸的信么？

我看见邮差在他的袋里带了许多信来，几乎镇里的每个人都分送到了。

只有爸爸的信，他留起来给他自己看。我确信这个邮差是个坏人。

·导 读·

妈妈没有收到爸爸的来信，不快乐，孩子会怎么办呢？

但是不要因此不乐呀，亲爱的妈妈。

明天是邻村市集的日子。你叫女仆去买些笔和纸来。

我自己会写爸爸所写的一切信；使你找不出一点错处来。[1]

我要从A字一直写到K字。

但是，妈妈，你为什么笑呢？

你不相信我能写得同爸爸一样好？

但是我将用心画格子，把所有的字母都写得又大又美。

当我写好时，你以为我也像爸爸那样傻，把它投入可怕的邮差的袋中么？

我立刻就自己送来给你，而且一个字母，一个字母

[1]奇思妙想。英文letter既指字母又指信件，所以孩子以为妈妈在等的爸爸的letter，是他正在学写的字母。

地帮助你读。

我知道那邮差是不肯把真正的好信送给你的。

阅读小结

精华点评

邮差恶，妈妈伤心，爸爸傻。聪明的孩子，就自己学着像爸爸一样写封信，像邮差一样送来信，而且读给妈妈听。果然，妈妈被逗乐了。——原来，孩子就是爱的信使。

延伸思考

孩子为什么会将妈妈没有收到爸爸的信归于邮差偷藏起来了？

英 雄

妈妈，让我们想象我们正在旅行，经过一个陌生而危险的国土。

你坐在一顶轿子里，我骑着一匹红马，在你旁边跑着。

是黄昏的时候，太阳已经下山了。约拉地希的荒地疲乏而灰暗地展开在我们面前，大地是凄凉而荒芜的。

你害怕了，想道——“我不知道我们到了什么地方了。”

我对你说道：“妈妈，不要害怕。”

草地上刺蓬蓬地长着针尖似的草，一条狭而崎岖的小道通过这块草地。

在这片广大的地面上看不见一只牛；它们已经回到它们村里的牛棚去了。

天色黑了下来，大地和天空都显得朦朦胧胧的，而我们不能说出我们正走向什么所在。

突然间，你叫我，悄悄地问我道：“靠近河岸的是什么火光呀？”

正在那个时候，一阵可怕的呐喊声爆发了，好些人影子向我们跑过来。

你蹲坐在你的轿子里，嘴里反复地祷念着神的名字。

轿夫们，怕得发抖，躲藏在荆棘丛中。

我向你喊道：“不要害怕，妈妈，有我在这里。”

他们手里执着长棒，头发披散着，越走越近了。

我喊道：“要当心！你们这些坏蛋！再向前走一步，

·导 读·

如果妈妈遇到了歹徒，你会怎么办？

你们就要送命了。”

他们又发出一阵可怕的呐喊声，向前冲过来。

你抓住我的手，说道：“好孩子，看在上天面上，躲开他们吧。”

我说道：“妈妈，你瞧我的。”

于是我刺策[①]着我的马匹，猛奔过去，我的剑和盾彼此碰着作响。

这一场战斗是那么激烈，妈妈，如果你从轿子里看得见的话，你一定会发冷战的。

他们之中，许多人逃走了，还有好些人被砍杀了。

我知道你那时独自坐在那里，心里正在想着，你的孩子这时候一定已经死了。

但是我跑到你的跟前，浑身溅满了鲜血，说道：“妈妈，现在战争已经结束了。”

你从轿子里走出来，吻着我，把我搂在你的心头，你自言自语地说道：

“如果我没有我的孩子护送我，我简直不知道怎么办才好。”

一千件无聊的事天天在发生，为什么这样一件事不能够偶然实现呢？

这很像一本书里的一个故事。

我的哥哥要说道：“这是可能的事么？我老是在想，他是那么嫩弱呢！”

我们村里的人们都要惊讶地说道：“这孩子正和他妈妈在一起，这不是很幸运么？”

---

① 策：马鞭。这里是鞭打的意思。

阅读小结

精华点评

小时候，妈妈常对我们说：“孩子，不要害怕。”孩子长大了，对妈妈说的最暖心的一句话，也许就是：“妈妈，不要害怕。”为保护母亲，孩子可以激起英雄的斗志。可是，等我们真的长大，雄心不再，成了一介凡夫甚至懦夫。

延伸思考

为什么哥哥和村人不认可孩子的想法？

告 别

·导 读·

有些孩子，可能没有成年就夭折了。可是，他们真的离开人世了吗？他们是如何离开人世的？在母亲的心中，他们又会在哪里呢？

是我走的时候了，妈妈，我走了。

当清寂的黎明，你在暗中伸出双臂，要抱你睡在床上的孩子时，我要说道："孩子不在那里呀！"——妈妈，我走了。

我要变成一股清风抚摸着你；我要变成水的涟漪，当你浴时，把你吻了又吻。

大风之夜，当雨点在树叶中淅沥时，你在床上，会听见我的微语；当电光从开着的窗口闪进你的屋里时，我的笑声也偕了它一同闪进了。

如果你醒着躺在床上，想你的孩子到深夜，我便要从星空向你唱道："睡呀！妈妈，睡呀。"

我要坐在各处游荡的月光上，偷偷地来到你的床上，趁你睡着时，躺在你的胸上。

我要变成一个梦儿，从你的眼皮的微缝中，钻到你睡眠的深处。当你醒来吃惊地四望时，我便如闪耀的萤火似的，熠熠地向暗中飞去了。

当杜尔迦节[①]，邻舍家的孩子们来屋里游玩时，我便要融化在笛声里，整日价[②]在你心头震荡。

亲爱的阿姨带了杜尔迦节礼物来，问道："我们的孩子在哪里，姊姊？"妈妈，你将要柔声地告诉她："他呀，他现在是在我的瞳仁里，他现在是在我的身体里，在我的灵魂里。"

---

① 杜尔迦节：印度宗教节日，每年10月初开始。
② 价：词尾，相当于"地"。

阅读小结

精华点评

诗人中年丧妻，同时一对儿女也夭亡。这样悲痛的经历，没有化作撕心裂肺的呼喊，而是化作小儿女温情甜蜜的诉说。他诉说对母亲的告别，对母亲的思念，他要化作世间万物，陪伴妈妈身边，无论白日黑夜。“他呀，他现在是在我的瞳仁里，他现在是在我的身体里，在我的灵魂里。”母子即使已经永不相见，精神依然紧紧相依。

延伸思考

诗人为何不直接倾诉对儿女夭折的悲痛，而从侧面描述儿女告别妈妈时的深情绵绵？这样写有什么效果？

召 唤

·导 读·

一个失去孩子的母亲，是如何在心中召唤自己的孩子的呢?

她走的时候，夜间黑漆漆的，他们都睡了。

现在，夜间也是黑漆漆的，我唤她道:“回来，我的宝贝；世界都在沉睡，当星星互相凝视的时候，你来一会儿是没有人会知道的。”

她走的时候，树木正在萌芽，春光刚刚来到。

现在花已盛开，我唤道:“回来，我的宝贝。孩子们漫不经心地在游戏，把花聚在一起，又把它们散开。你如走来，拿一朵小花去，没有人会发觉的。”

常常在游戏的那些人，仍然还在那里游戏，生命总是如此的浪费。

我静听他们的空谈，便唤道:“回来，我的宝贝，妈妈的心里充满着爱，你如走来，仅仅从她那里接一个小小的吻，没有人会妒忌的。”

阅读小结

精华点评

一个母亲，失去了孩子，可是孩子还在她的心中。在夜晚，她凝视星星时希望孩子回来一会儿，在春光烂漫的时候希望孩子采一朵小花，希望在别人谈笑游戏的时候孩子和自己接一个吻……在黑暗的时刻母亲的心是空荡荡的，在美好的季节母亲的心是悲哀的，在别人热闹的时刻母亲的心是寂寞的，因为，她是如此地思念自己的孩子。

延伸思考

以乐写愁，倍增其愁，在这首诗中是如何体现的?

第一次的茉莉

呵，这些茉莉花，这些白的茉莉花！

我仿佛记得我第一次双手满捧着这些茉莉花，这些白的茉莉花的时候。

我喜爱那日光，那天空，那绿色的大地；

我听见那河水淙淙的流声，在黑漆的午夜里传过来；

秋天的夕阳，在荒原上大路转角处迎我，如新妇揭起她的面纱迎接她的爱人。

但我想起孩提时第一次捧在手里的白茉莉，心里充满着甜蜜的回忆。

我生平有过许多快活的日子，在节日宴会的晚上，我曾跟着说笑话的人大笑。

在灰暗的雨天的早晨，我吟哦过许多飘逸的诗篇。

我颈上戴过爱人手织的醉花的花圈，作为晚装。

但我想起孩提时第一次捧在手里的白茉莉，心里充满着甜蜜的回忆。

·导 读·

第一次与美丽的花相遇，是什么样的心情呢？

阅读小结

精华点评

生命中有很多第一次，因为新鲜、美丽，而充满甜蜜的回忆，即使岁月嬗递，带来更多的辉煌，也无法替代。

延伸思考

你生命中的第一次美好的经历有哪些？

榕树

·导 读·

繁茂的榕树，会将孩子带入怎样的梦境中去呢？

喂，你站在池边的蓬头的榕树，你可曾忘记了那小小的孩子，就像那在你的枝上筑巢又离开了你的鸟儿似的孩子？

你不记得他怎样坐在窗内，诧异地望着你深入地下的纠缠的树根么？

妇人们常到池边，汲了满罐的水去，你的大黑影便在水面上摇动，好像睡着的人挣扎着要醒来似的。

日光在微波上跳舞，好像不停不息的小梭在织着金色的花毡。

两只鸭子挨着芦苇，在芦苇影子上游来游去，孩子静静地坐在那里想着。

他想做风，吹过你的萧萧的枝杈；想做你的影子，在水面上，随了日光而俱长；想做一只鸟儿，栖息在你的最高枝上；还想做那两只鸭，在芦苇与阴影中间游来游去。

阅读小结

精华点评

一棵普通的树，唤起孩子诗意的想象。这种诗意，就是人能化作自然的一部分，与万物和谐相处。如果我们都能如此，生活就充满了诗意。

延伸思考

面对一棵树，不同的人会有哪些不同的想法与态度？

祝 福

·导 读·

一个小小的生命来到世上，我们怎么教导他呢？

祝福这个小心灵，这个洁白的灵魂，他为我们的大地，赢得了天的接吻。

他爱日光，他爱见他妈妈的脸。

他没有学会厌恶尘土而渴求黄金。

紧抱他在你的心里，并且祝福他。

他已来到这个歧路百出的大地上了。

我不知道他怎么从群众中选出你来，来到你的门前抓住你的手问路。

他笑着，谈着，跟着你走，心里没有一点儿疑惑。

不要辜负他的信任，引导他到正路，并且祝福他。

把你的手按在他的头上，祈求着：底下的波涛虽然险恶，然而从上面来的风，会鼓起他的船帆，送他到和平的港口的。

不要在忙碌中把他忘了，让他来到你的心里，并且祝福他。

阅读小结

精华点评

每个孩子，天生纯洁，热爱阳光和母亲，热爱自然，相信大人，这就是赤子之心。我们作为大人，要引导他走上正路，永葆一颗赤子之心。

延伸思考

孩子天生是善良的吗？

赠 品

·导 读·

孩子总归要离开父母的，父母该赠送什么给孩子呢？

我要送些东西给你，我的孩子，因为我们同是漂泊在世界的溪流中的。

我们的生命将被分开，我们的爱也将被忘记。

但我没有那样傻，希望能用我的赠品来买你的心。

你的生命正是青青，你的道路也长着呢，你一口气饮尽了我们带给你的爱，便回身离开我们跑了。

你有你的游戏，有你的游伴。如果你没有时间同我们在一起，如果你想不到我们，那有什么害处呢？

我们呢，自然的，在老年时，会有许多闲暇的时间，去计算那过去的日子，把我们手里永久失了的东西，在心里爱抚着。

河流唱着歌很快地流去，冲破所有的堤防。但是山峰留在那里，忆念着，满怀依依之情。

阅读小结

精华点评

父母把生命交给孩子，也让孩子带着自己的爱离开自己。爱孩子就让孩子自由奔跑，只是远远地瞩望。

延伸思考

有人把孩子比作风筝，你觉得这样的比喻好吗？

我的歌

·导 读·

如果父母给孩子一支歌，会是一支什么歌？

我的孩子，我这一支歌将扬起它的乐声围绕你的身旁，好像那爱情中的热恋的手臂一样。

我这一支歌将触着你的前额，好像那祝福的接吻一样。

当你只是一个人的时候，它将坐在你的身旁，在你耳边微语着；当你在人群中的时候，它将围住你，使你超然物外。

我的歌将成为你的梦的翼翅，它将把你的心移送到不可知的岸边。

当黑夜覆盖在你路上的时候，它又将成为那照临在你头上的忠实的星光。

我的歌又将坐在你眼睛的瞳仁里，将你的视线带入万物的心里。

当我的声音因死亡而沉寂时，我的歌仍将在你活泼泼的心中唱着。

阅读小结

精华点评

给孩子一支歌吧，给他爱、温暖、梦，永远在他心中吟唱。

延伸思考

你的父母如果要送你一首歌，他们会选哪一首歌？

孩子天使

·导 读·

为什么说孩子是天使？

他们喧哗争斗，他们怀疑失望，他们辩论而没有结果。

我的孩子，让你的生命到他们当中去，如一线镇定而纯洁之光，使他们愉悦而沉默。

他们的贪心和妒忌是残忍的；他们的话，好像暗藏的刀，渴欲饮血。

我的孩子，去，去站在他们愤懑[①]的心中，把你的和善的眼光落在它们上面，好像那傍晚的宽宏大量的和平，覆盖着日间的骚扰一样。

我的孩子，让他们望着你的脸，因此能够知道一切事物的意义；让他们爱你，因此他们能够相爱。

来，坐在无垠的胸膛上，我的孩子。朝阳出来时，开放而且抬起你的心，像一朵盛开的花；夕阳落下时，低下你的头，默默地做完这一天的礼拜。

阅读小结

精华点评

孩子，你可以改变这个世界，用你的纯真、和善、爱去净化这个被成年人污染的世界。

延伸思考

要如何用美德影响世界？

① 愤懑（mèn）：气愤，抑郁不平。

最后的买卖

·导 读·

如果把你的生命拿出来交换，你希望获得什么呢？

早晨，我在石铺的路上走时，我叫道："谁来雇用我呀。"

皇帝坐着马车，手里拿着剑走来。

他拉着我的手，说道："我要用权力来雇用你。"

但是他的权力算不了什么，他坐着马车走了。

正午炎热的时候，家家户户的门都闭着。

我沿着屈曲的小巷走去。

一个老人带着一袋金钱走出来。

他斟酌了一下，说道："我要用金钱来雇用你。"

他一个一个地数着他的钱，我却转身离去了。

黄昏了，花园的篱上满开着花。

美人走出来，说道："我要用微笑来雇用你。"

她的微笑黯淡了，化成泪容了，她孤寂地回身走进黑暗里去。

太阳照耀在沙地上，海波任性地浪花四溅。

一个小孩坐在那里玩贝壳。

他抬起头来，好像认识我似的，说道："我雇你不用什么东西。"

从此以后，在这个小孩的游戏中做成的买卖，使我成了一个自由的人。

阅读小结

精华点评

权力、金钱、美丽都约束生命，只有自由才是生命的本质。孩子除了天真无邪、顽皮活泼、无忧无虑，其他什么都没有，这种天性就是获得自由的条件。只要不失童心，不失天性，我们就能获得自由。这是这首诗，也是整本《新月集》表达的主旨吧。

延伸思考

这个世界终究是孩子的，你做好准备了吗？

《新月集》阅读感悟

《新月集》是一部儿童诗集，但是似乎又不是专为儿童而写的。甚至，在这本诗集中，泰戈尔就借孩子之口，说自己所写的不为孩子喜欢。

你说爸爸写了许多书，但我不懂得他所写的东西。

他整个黄昏读书给你听，但是你真懂得他的意思么？

妈妈，你给我们讲的故事，真是好听呀！我很奇怪，爸爸为什么不能写那样的书呢？

难道他从来没有从他自己的妈妈那里听见过巨人、神仙和公主的故事么？

——《著作家》

《新月集》不是一般的童话故事书。《新月集》不是虚构的，不是子虚乌有的王国，它是写实的，尽管它有丰富的想象，但是这些想象是基于孩子或者母亲现实情感的幻化，是人与自然融为一体的变形。比如：

如果你醒着躺在床上，想你的孩子到深夜，我便要从星空向你唱道："睡呀！妈妈，睡呀。"

我要坐在各处游荡的月光上，偷偷地来到你的床上，趁你睡着时，躺在你的胸上。

我要变成一个梦儿，从你的眼皮的微缝中，钻到你睡眠的深处。当你醒来吃惊地四望时，我便如闪耀的萤火似的，熠熠地向暗中飞去了。

——《告别》

母亲思念夭亡的孩子彻夜不眠，在思念中仿佛看到孩子如一颗星，凝视自己，和自己说话；像月光一样，躺在自己胸上，进入自己梦中；梦醒时又如萤火般消失在黑暗中：这是怎样痛苦的思念啊！

事实上，这本诗集写母子之间的爱恋，探究的却是这样年轻的生命对于世界的意义和价值。在诗集的第一首《家庭》中，诗人写道：

我在星光下独自走着的路上停留了一会儿，我看见黑沉沉的大地展开在我的面前，用她的手臂拥抱着无量数的家庭。在那些家庭里，有着摇篮和床铺、母亲们的心和夜晚的灯，还有年轻轻的生命。他们满心欢乐，却浑然不知这样的欢乐对于世界的价值。

年轻生命的欢乐，对黑暗的世界来说有什么价值呢？在诗集最后一首诗《最后的买卖》中，诗人写自己拒绝了皇帝的权力、老人的金钱和美女的微笑，选择了和一个孩子游戏，尽管这个孩子什么也没有，但“从此以后，在这个小孩的游戏中做成的买卖，使我成了一个自由的人”。

正如在《孩童之道》和《孩子的世界》中所写的，“孩子在纤小的新月的世界里，是一切束缚都没有的”，他们摆脱了任何人间世俗社会的束缚，摒弃了任何功利和契约，理智在飞翔，真理得自由，一切都那么和谐美好。这是在现实社会中生活的人们向往寻求而难以实现的理想。这就是儿童的欢乐对于世界的价值所在。

在孩子眼中，职业无高低贵贱之分（《职业》），金色的稻实和花草上的露珠就是黄金和珍珠（《商人》），当大人在欲海之中浮沉之时，他们却在一根折断的树枝上获得快乐（《玩具》），因此，诗人将孩子视作这个物质世界的拯救者，就像《孩子天使》中所写的：

他们喧哗争斗，他们怀疑失望，他们辩论而没有结果。

我的孩子，让你的生命到他们当中去，如一线镇定而纯洁之光，使他们愉悦而沉默。

他们的贪心和妒忌是残忍的；他们的话，好像暗藏的刀，渴欲饮血。

我的孩子，去，去站在他们愤懑的心中，把你的和善的眼光落在它们上面，好像那傍晚的宽宏大量的和平，覆盖着日间的骚扰一样。

我的孩子，让他们望着你的脸，因此能够知道一切事物的意义；让他们爱你，因此他们能够相爱。

重建一个爱的世界，保持人类的赤子之心，就是泰戈尔的理想。他在这本集子中，描写了母子之间绵绵不息的爱恋之情，描写了人与自然和谐相处、相互转化的和谐宁静的画面，充满浓浓的孩童之爱、母爱和自然之爱。

孩子依恋母亲，更爱着母亲。他有时很顽皮，变成一朵金色花，让花香围绕浴后的妈妈，把小小的影子投在妈妈看的书页上，跟妈妈玩捉迷藏（《金色花》）；有时很稚趣，当妈妈因收不到爸爸的信而不开心，他就要给妈妈写信，他说他会写爸爸所写的一切信，“从A字一直写到K字”，所有的字母都会写得又大又美（《恶邮差》）；有时又很勇敢，想象自己成为英雄，勇敢地战胜劫匪，保护母亲的安全（《英雄》）；即使是不幸早夭，他也深情地希望“变成一股清风抚摸着你；变成水的涟漪，当你浴时，把你吻了又吻”。

母亲热爱孩子，在妈妈眼里，孩子是她的“小小的命芽儿”(《不被注意的花饰》)；当孩子做错了事情，必须责罚时，妈妈的心“也和他同哭了”；妈妈大声向世界宣布：“我爱他并不因为他好，只是因为他是我的小小的孩子。”(《审判官》) 在回答孩子关于出身的问题时，妈妈深情地说：

> 你曾活在我所有的希望和爱情里，活在我的生命里，我母亲的生命里。
>
> 在主宰着我们家庭的不死的精灵的膝上，你已经被抚育了好多代了。
>
> 当我做女孩子的时候，我的心的花瓣儿张开，你就像一股花香似的散发出来。
>
> ——《开始》

孩子承载着生命的延续、爱情、希望和家族的使命，孩子是神的礼物，是人类之子，他永远在妈妈的瞳仁里、身体里、灵魂里。这就是母爱，也是人类之爱。

母亲热爱自己的婴儿，孩子眷恋自己的母亲。这看似都是天性。不过，孩子的爱可能更为广博，他爱自然，爱所有的人，爱世间万物。孩子想象自己长大了，可以自由地开妈妈的钱箱，他首先拿钱给他所喜欢的人——他的保姆(《小大人》)；孩子想象自己将来的职业不是“渡船的船夫”(《对岸》)，就是“一个小贩”“一个园丁”“一个更夫”(《职业》)；他试探妈妈是否喜欢小狗：

> 如果我只是一只小狗，而不是你的小孩，亲爱的妈妈，当我想吃你的盘里的东西时，你要向我说“不”么？
>
> 你要赶开我，对我说道，“滚开，你这淘气的小狗”么？
>
> 那么，走吧，妈妈，走吧！当你叫唤我的时候，我就永不到你那里去，也永不要你再喂我吃东西了。
>
> ——《同情》

人与自然，人与万物，不同阶层的人，和谐地生活在一起，这就是泰戈尔的理想国，他以孩子的视角，为我们构筑了这样一个诗意的世界，留下了人类的初心。这就是百载之后，他的诗集依然感动我们的原因。

《飞鸟集》导读

1913年，泰戈尔以英文翻译自己的孟加拉文格言诗集《微思集》（又译《碎玉集》）；1916年，诗人造访日本，或受日本俳句影响，即兴创作了一些英文短诗。这两部分诗作后合成《飞鸟集》，收录325首无题小诗，于1916年首次出版。

《飞鸟集》选用日常生活和自然世界中的常见事物，如小草、落叶、飞鸟、星辰、河流，等等，表达对自然和人生的真切思考，虽仅只言片语，却蕴含了丰富的思想、深奥的哲理，表现出一种清新明快、优美隽永的风格。

1922年，郑振铎从英译本中选译了其中的257首，由上海商务印书馆出版。《飞鸟集》中文译本的出版，推动了中国现代诗坛上的“小诗运动”，冰心的《繁星》《春水》就是受其影响的代表作。1956年，郑振铎又补译了69首诗，由上海新文艺出版社出版。郑振铎采用直译的方法，保留了原作的表达方式，忠实于原作的内容，尽量做到不增译，不漏译，在百年《飞鸟集》中文译本中评价最高。

《飞鸟集》，题名来源集中于第1、第2两首小诗。

夏天的飞鸟，飞到我的窗前唱歌，又飞去了。（第1首）

世界上的一队小小的漂泊者呀，请留下你们的足印在我的文字里。（第2首）

诗人把这本小诗集，比作南来北往的小小漂泊者——飞鸟长途跋涉而留下的足印。飞鸟的足印在空中，没有痕迹。正如他的另一首诗写道：“天空没留下翅膀的痕迹，但我已飞过。”（出自《流萤集》）

《飞鸟集》325首诗作，确如群鸟飞过天空，并无一定的路线可循，如果只抓住只言片语，表面看似简单平易，背后的内涵却不着痕迹，似见非见，若有若无，虚无缥缈，难以捉摸。

阅读这部诗集，如何把握诗作丰富的内涵，揣度诗人的心路历程？我们不妨围绕主题词，将325首小诗进行归类整理，专题阅读。大致可以分为以下几类：

生与死。对生与死的认识与看法，在诗集中出现的频率虽不是特别多，但是体现了泰戈尔的人生哲学，是理解这部诗集的根本。进一步，可以研究一下诗作中泰戈尔对神与宗教的看法。

爱。“爱”在不同小诗中反复出现。诗集的最后一首是这样写的：“我相信你的爱。”让这句话做我的最后的话。“爱”可以说是这部诗集的主旨。诗人所言的爱，是什么样的爱呢？它究竟有什么意义和作用？特别要注意诗作中对母爱、神灵之爱等的描写，看看它们有什么特异之处。

大自然。诗集中的许多小诗，来自对大自然的观察，而这样的大自然，并不是原生的，显然经过诗人心灵的浸染。自然与我，往往合二为一。那么，小诗对自然的描述，反映了诗人怎样的心路历程呢？

诗人写作《飞鸟集》时，已经脱离了当时的印度政治运动，过着一种半隐逸的生活。但这并不表明《飞鸟集》是一部纯粹的田园诗集或隐逸诗集。诗人对社会的认识，对未来的期望，也在诗作中时断时续地出现。阅读这部诗集，要注意诗人对强权与邪恶的批判，对真理与错误的辨析，对人格与尊严的维护，对民众与苦难的同情。

飞鸟集

1

夏天的飞鸟，飞到我的窗前唱歌，又飞去了。[1]

秋天的黄叶，它们没有什么可唱，只叹息一声，飞落在那里。[2]

2

世界上的一队小小的漂泊者呀，请留下你们的足印在我的文字里。[3]

3

世界对着它的爱人，把它浩瀚的面具揭下了。

它变小了，小如一首歌，小如一回永恒的接吻。[4]

[1] 飞鸟，英文原为“stray birds”，“stray”有“迷途”和“离群”之意。

[2] 从写景的角度，这首诗传递了时序变迁带来的美好与忧伤。当然，深层次看，飞鸟与黄叶，或有对比，一独立自由，所以有歌；一依赖外物，所以无歌。虽则如此，诗人对黄叶也并无鄙夷，而是充满同情。

[3] 一队小小的漂泊者，也就是第一首中的“飞鸟”，或者也是诗人的自喻。诗人把自己当作是寻求无限理想境界的“永恒的旅客”，用这些小诗，记录下内心漂泊的历程。小小的漂泊者，英文原文为“little vagrants”，或以为指流浪者，即贫苦的四处漂泊的底层民众。

[4] 诗人热爱世界，并用他的小诗，去反映世界，表达心中的爱恋。

4

是大地的泪点，使她的微笑保持着青春不谢。[1]

5

无垠的沙漠热烈追求一叶绿草的爱，她摇摇头笑着飞开了。[2]

6

如果你因失去了太阳而流泪，那么你也将失去群星了。[3][4]

7

跳着舞的流水呀，在你途中的泥沙，要求你的歌声，你的流动呢。你肯挟跛足的泥沙而俱下么?

8

她的热切的脸，如夜雨似的，搅扰着我的梦魂。

[1] 大地的泪点即雨水，青春不谢即鲜花盛开。由雨水浇灌红花，诗人联想到在泪水中产生微笑才最动人。

[2] 有些爱，其实是一种伤害。

[3] 不要为打翻的牛奶哭泣。世界为你关上一扇门，就会为你打开一扇窗。

[4] 此诗的英文为："If you shed tears when you miss the sun, you also miss the stars." 其中"miss"兼有"错过"和"怀念"之意。如果理解成"怀念"，此句另有一种意蕴。

9

有一次，我们梦见大家都是不相识的。

我们醒了，却知道我们原是相亲相爱的。[1]

10

忧思在我的心里平静下去，正如暮色降临在寂静的山林中。

11

有些看不见的手，如懒懒的微飔①似的，正在我的心上奏着潺湲②的乐声。

[1]美国诗人惠特曼曾写过一首名为《给一个陌生人》的诗："过路的陌生人哟！你不知道我是如何热切地望着你，/你必是我所寻求的男人，或是我所寻求的女人/这对我好像是一个梦境，/我一定在什么地方和你过过快乐的生活，/当我们互相交错而过的时候，一切都回忆起来了，/自由的、热爱的、贞洁的、成熟的，/你曾经和我一起成长，和我一起度过童年，/我和你一起食宿，你的肉体不仅仅是你自己的，我的肉体也不仅仅是我自己的，/当我们相遇的时候，你的眼睛、脸面、肌肤给我以快乐，你也从我的胡须、胸脯、两手得到快乐，/我并不要对你说话，我只想一人独坐着，或者/夜中独自醒来的时候，想着你，/我决定等待，我不怀疑，我一定会再遇见你，/我一定留心不要失掉你。"子夏也曾说过："四海之内皆兄弟。"孤独的人类渴望彼此心心相印。

① 飔（sī）：凉风。

② 潺湲（chán yuán）：水缓慢流动的样子。

12

“海水呀，你说的是什么？”

“是永恒的疑问。”

“天空呀，你回答的话是什么？”

“是永恒的沉默。”[1]

[1] 天空体现了一种神秘，而且是永恒的。这反映了印度哲学对自然的认识，也反映了诗人对现实的一种无能为力的感觉。

13

静静地听，我的心呀，听那世界的低语，这是它对你求爱的表示呀。

14

创造的神秘，有如夜间的黑暗——是伟大的。而知识的幻影不过如晨间之雾。[2]

[2] 我们对这个世界依然知之甚少，我们应当敬畏自然。

15

不要因为峭壁是高的，便让你的爱情坐在峭壁上。

16

我今晨坐在窗前，世界如一个路人似的，停留了一会，向我点点头又走过去了。[3]

[3] 我和世界的相遇只是一种偶然，或者说世界只是我们心中的幻象。王阳明曾经说过：“你未看此花时，此花与汝心同归于寂。你来看此花时，则此花颜色一时明白起来。”

17

这些微飔，是树叶的簌簌①之声呀；它们在我的心里欢悦地微语着。

18

你看不见你自己，你所看见的只是你的影子。[1]

[1]印度佛教认为，人们看到的世界，不过是一种幻影。《金刚经》有四句偈语："一切有为法，如梦幻泡影；如露亦如电，应作如是观。"而西方圣贤如苏格拉底则提出："认识你自己。"

19

神呀，我的那些愿望真是愚傻呀，它们杂在你的歌声中喧叫着呢。[2]

让我只是静听着吧。

[2]神其实就是自然，这句话告诉我们要摒弃心中的欲望，聆听自然的真谛。

20

我不能选择那最好的。

是那最好的选择我。[3]

[3]人并不是要成为圣贤，而是要做圣贤的代言人，去承载圣贤的思想。

21

那些把灯背在背上的人，把他们的影子投到了自己前面。

① 簌簌（sù sù）：形容树叶纷纷下坠，发出细碎不断的声音。

22

我的存在，对我而言是一个永久的神奇，这就是生活。

23

“我们萧萧的树叶都有声响回答那风和雨。你是谁呢？那样地沉默着。”

“我不过是一朵花。”[1]

[1] 正是这样的谦卑与美丽，我们才获得宁静与和谐。

24

休息与工作的关系，正如眼睑①与眼睛的关系。

25

人是一个初生的孩子，他的力量，就是生长的力量。

26

神希望我们酬答他的，在于他送给我们的花朵，而不在于太阳和土地。

① 眼睑（jiǎn）：眼睛周围能开闭的皮，边缘长着睫毛。

27

[1]天真所以快乐，无知所以无畏。伊甸园正是因为有了知识和智慧，就成了失乐园。

光明如一个裸体的孩子，快快活活地在绿叶当中游戏，它不知道人是会欺诈的。[1]

28

[2]美在自然，不在修饰。

啊，美呀，在爱中找你自己吧，不要到你镜子的谄谀①去找寻。[2]

29

我的心把她的波浪在世界的海岸上冲击着，以热泪在上边写着她的题记：

"我爱你。"

30

"月儿呀，你在等候什么呢？"

"向我将让位给他的太阳致敬。"

31

绿树长到了我的窗前，仿佛是喑哑的大地发出的渴望的声音。

① 谄谀（chǎn yú）：谄媚阿谀。

32

神自己的清晨，在他自己看来也是新奇的。[1]

[1] 一切神奇的事物，都是神的谕示。这意味着神的创造是一种自然的过程，总会发生各种变异。

33

生命从世界得到资产，爱情使它得到价值。

34

枯竭的河床，并不感谢它的过去。[2]

[2] 从得到失，从顺境到困境，人们往往留恋、渴望曾经美好的过去。

35

鸟儿愿为一朵云。
云儿愿为一只鸟。[3]

[3] 围城心理：城里的人想出去，城外的人想进去。

36

瀑布歌唱道："我得到自由时便有了歌声了。"

37

我说不出这心为什么那样默默地颓丧着。

是为了它那不曾要求，不曾知道，不曾记得的小小的需要。

38

妇人，你在料理家务的时候，你的手足歌唱着，正如山间的溪水歌唱着在小石中流过。

39

当太阳横过西方的海面时，对着东方留下他的最后的敬礼。

40

不要因为你自己没有胃口而去责备你的食物。

41

群树如表示大地的愿望似的，踮起脚来向天空窥望。

42

你微微地笑着，不同我说什么话。而我觉得，为了这个，我已等待得久了。[1]

[1]心有灵犀一点通，是因为长长的等待，在心中早已上百次构摹出相见时的场景。

43

水里的游鱼是沉默的，陆地上的兽类是喧闹的，空中的飞鸟是歌唱着的。

但是，人类兼有海里的沉默，地上的喧闹与空中的音乐。[2]

[2]与其说人是万物之灵长，不如说人乃万物之尺度。

44

世界在踌躇之心的琴弦上跑过去，奏出忧郁的乐声。

45

他把他的刀剑当作他的上帝。

当他的刀剑胜利的时候，他自己却失败了。[1]

[1] 兵争者败。这反映了泰戈尔的“非暴力”思想。印度圣雄甘地提倡的正是“非暴力不合作”“非暴力抵抗”运动。

46

神从创造中找到他自己。[2]

[2] 创造即神。或者说从来就没有救世主，幸福要靠我们自己创造。人正是因为创造自己，所以成为自己的主宰。

47

阴影戴上她的面幕，秘密地，温顺地，用她的沉默的爱的脚步，跟在“光”后边。

48

群星不怕显得像萤火那样。[3]

[3] 群星的大小不是由人们看到的亮度决定的，人在世上的贡献也不是由名声所决定的。

49

谢谢神，我不是一个权力的轮子，而是被压在这轮子下的活人之一。[1]

[1]诗人不与权力同谋，相反，诗人同样被权力碾压。诗人对此感到庆幸，可见诗人善良的禀性。

50

心是尖锐的，不是宽博的，它执着在每一点上，却并不活动。

51

你的偶像委散在尘土中了，这可证明神的尘土比你的偶像还伟大。[2]

[2]自然是最伟大的，一切神像都是用自然的材料制作成的。

52

人不能在他的历史中表现出他自己，他在历史中奋斗着露出头角。

53

玻璃灯因为瓦灯叫它作表兄而责备瓦灯。明月出来时，玻璃灯却温和地微笑着，叫明月为——“我亲爱的，亲爱的姐姐。”

54

我们如海鸥之与波涛相遇似的，遇见了，走近了。海鸥飞去，波涛滚滚地流开，我们也分别了。

55

我的白昼已经完了，我像一只泊在海滩上的小船，谛听着晚潮跳舞的乐声。

56

我们的生命是天赋的，我们唯有献出生命，才能得到生命。[1]

[1] 上天赐予我们生命，是让我们奉献自己的聪明才智的，否则就是虚度年华。

57

当我们是大为谦卑的时候，便是我们最接近伟大的时候。

58

麻雀看见孔雀负担着它的翎尾，替它担忧。[2]

[2] 欲戴王冠，必承其重。另一方面，不敢承王冠之重，也不可能戴上王冠。

59

决不要害怕刹那——永恒之声这样唱着。

60

飓风于无路之中寻求最短之路，又突然地在“无何有之国”终止了它的寻求。

61

在我自己的杯中，饮了我的酒吧，朋友。

一倒在别人的杯里，这酒的腾跳的泡沫便要消失了。

62

“完全”为了对“不全”的爱，把自己装饰得美丽。

63

神对人说：“我医治你所以伤害你，爱你所以惩罚你。”[1]

[1] 神是公平的，或者说世界上的事，都是有无相生，爱恨交织。

64

谢谢火焰给你光明，但是不要忘了那执灯的人，他是坚忍地站在黑暗当中呢。[1]

65

小草呀，你的足步虽小，但是你拥有你足下的土地。[2]

66

幼花的蓓蕾开放了，它叫道："亲爱的世界呀，请不要萎谢了。"

67

神对于那些大帝国会感到厌恶，却决不会厌恶那些小小的花朵。

68

错误经不起失败，但是真理不怕失败。

[1] 执灯者代表着渡者的形象，如地藏菩萨所言："地狱未空，誓不成佛。" 或者如鲁迅所言："自己背着因袭的重担，肩住了黑暗的闸门，放他们到宽阔光明的地方去。"（《我们现在怎样做父亲》）

[2] 一切卑微者借此可以获得自信。

69

瀑布歌唱道："虽然渴者只要少许的水便够了，我却很快活地给予了我的全部的水。"

70

把那些花朵抛掷上去的那一阵子无休无止的狂欢大喜的劲儿，其源泉是在哪里呢？

71

樵夫的斧头，问树要斧柄。
树便给了他。[1]

[1]佛教中有舍身饲虎的故事，摩诃萨埵为了挽救老虎的生命而甘愿牺牲自己肉身，代表了一种忍辱牺牲、救世救人的情怀。

72

这寡独的黄昏，幕①着雾与雨，我在我的心的孤寂里，感觉到它的叹息。

73

贞操是从丰富的爱情中生出来的财富。

74

雾，像爱情一样，在山峰的心上游戏，生出种种美丽的变幻。

75

① 幕：动词，笼罩着。

我们把世界看错了，反说它欺骗我们。

76

诗人——飙风①，正出经海洋森林，追求它自己的歌声。

77

每一个孩子出生时都带来信息说：神对人并未灰心失望。[1]

[1] 孩子是世界的希望，重建世界的神性。

78

绿草求她地上的伴侣。
树木求他天空的寂寞。

79

人对他自己建筑起堤防来。

80

我的朋友，你的语声飘荡在我的心里，像那海水的低吟声绕缭在静听着的松林之间。

① 飙（biāo）风：暴风。

81

这个不可见的黑暗之火焰，以繁星为其火花的，到底是什么呢？

82

使生如夏花之绚烂，死如秋叶之静美。[1]

[1]人的一生，应当自然地度过，响应四季的节律。

83

那想做好人的，在门外敲着门；那爱人的，看见门敞开着。[2]

[2]没有爱，只是想让自己成为好人，是不会走进人的心灵的。

84

在死的时候，众多合而为一；在生的时候，一化为众多。

神死了的时候，宗教便将合而为一。

85

艺术家是自然的情人，所以他是自然的奴隶，也是自然的主人。

86

"你离我有多远呢，果实呀？"

"我藏在你心里呢，花呀。"[3]

[3]成功的果实都是用心孕育而成的。人世间的一切关系，父母与孩子、恋人、师生，等等，都应当像这样心心相印。

87

这个渴望是为了那个在黑夜里感觉得到，在大白天里却看不见的人。

88

露珠对湖水说道："你是在荷叶下面的大露珠，我是在荷叶上面的较小的露珠。"

89

刀鞘保护刀的锋利，它自己则满足于它的迟钝。[1]

[1] 人也应当学会藏锋于拙。

90

在黑暗中，"一"视如一体；在光亮中，"一"便视如众多。[2]

[2] 道生一，一生二，二生三，三生万物。(《道德经》)

91

大地借助于绿草，显出她自己的殷勤好客。

92

绿叶的生与死乃是旋风的急骤的旋转，它的更广大的旋转的圈子乃是在天上繁星之间徐缓的转动。[3]

[3] 绿叶的生命是有限的，而繁星的运动似乎是无限的，有限的生命是由无限的运动所带动的，它们是统一的。

93

权势对世界说道:“你是我的。”
世界便把权势囚禁在她的宝座下面。
爱情对世界说道:“我是你的。”
世界便给予爱情以在她屋内来往的自由。[1]

[1]“用任何外在的方法都不能得到自由。将我们引向自由的是自我的渐渐消失这一内在过程。”(泰戈尔《自由的精神》)爱情牺牲了自己的自由,并把自己融于世界每个角落,才获得了最大的自由。

94

浓雾仿佛是大地的愿望。
它藏起了太阳,而太阳原是她所呼求的。

95

安静些吧,我的心,这些大树都是祈祷者呀。

96

瞬刻的喧声,讥笑着永恒的音乐。

97

我想起了浮泛在生与爱与死的川流上的许多别的时代,以及这些时代之被遗忘,我便感觉到离开尘世的自由了。

98

我灵魂里的忧郁就是她的新婚的面纱。

这面纱等候着在夜间卸去。

99

死之印记给生的钱币以价值，使它能够用生命来购买那真正的宝物。[1]

[1] 死之印记即死亡的精神，它使生命具有价值。庄子曾言："薪尽火传。"故人们亦言：向死而生。

100

白云谦逊地站在天之一隅。

晨光给它戴上霞彩。

101

尘土受到损辱，却以她的花朵来报答。

102

只管走过去，不必逗留着采了花朵来保存，因为一路上花朵自会继续开放的。[2]

[2] 不必执着，更不能占有，只要爱在心中，花朵就会随处绽放。

103

根是地下的枝。
枝是空中的根。

104

远远去了的夏之音乐，翱翔于秋间，寻求它的旧垒。

105

不要从你自己的袋里掏出勋绩[①]借给你的朋友，这是污辱他的。

106

无名的日子的感触，攀缘在我的心上，正像那绿色的苔藓，攀缘在老树的周身。

107

回声嘲笑她的原声，以证明她是原声。

108

当富贵利达的人夸说他得到神的特别恩惠时，上帝却羞了。

---

① 勋绩：功勋，功绩。

109

我投射我自己的影子在我的路上，因为我有一盏还没有燃点起来的明灯。

110

人走进喧哗的群众里去，为的是要淹没他自己的沉默的呼号。

111

终止于衰竭是“死亡”，但“圆满”终止于无穷。[1]

[1] 世界最终是圆满的，意味着世界永远循环不息。

112

太阳只穿一件朴素的光衣，白云却披了灿烂的裙裾①。

113

山峰如群儿之喧嚷，举起他们的双臂，想去捉天上的星星。

114

道路虽然拥挤，却是寂寞的，因为它是不被爱的。

① 裙裾（jū）：裙子的边角，裙幅。

115

权势以它的恶行自夸，落下的黄叶与浮游的云片却在笑它。

116

今天大地在太阳光里向我营营哼鸣，像一个织着布的妇人，用一种已经被忘却的语言，哼着一些古代的歌曲。

117

绿草是无愧于它所生长的伟大世界的。

118

梦是一个一定要谈话的妻子。

睡眠是一个默默忍受的丈夫。

119

夜与逝去的日子接吻，轻轻地在他耳旁说道："我是死，是你的母亲。我就要给你以新的生命。"[1]

[1] 生死不只是相续，还是不断地创造与更新。

120

黑夜呀，我感觉到你的美了。你的美如一个可爱的妇人，当她把灯灭了的时候。

121

我把在那些已逝去的世界上的繁荣带到我的世界上来。[1]

[1] 曾经的繁荣似乎已经衰败，但依然生生不息，这不是一种复古，而是传统的力量。

122

亲爱的朋友呀，当我静听着海涛时，我好几次在暮色深沉的黄昏里，在这个海岸上，感到你的伟大思想的沉默了。

123

鸟以为把鱼举在空中是一种慈善的举动。

124

夜对太阳说道："在月亮中，你送了你的情书给我。"

我已在绿草上留下我的流着泪点的回答了。

125

伟人是一个天生的孩子，当他死时，他把他的伟大的孩提时代给了世界。[2]

[2] 伟人即有赤子之心者。

126

[1] 温暖的阳光会比寒冷的狂风更容易让人脱去大衣，这正是温柔的力量。

不是槌的打击，乃是水的载歌载舞，使鹅卵石臻①于完美。[1]

127

蜜蜂从花中啜②蜜，离开时营营地道谢。

浮华的蝴蝶却相信花是应该向它道谢的。

128

[2] 说真话即有部分的真理。

如果你不等待着要说出完全的真理，那么把真话说出来是很容易的。[2]

129

“可能”问“不可能”道：

“你住在什么地方呢？”

它回答道：“在那无能为力者的梦境里。”

130

[3] 无错误即无真理，无丑即无美，无恶即无善……世界皆相反相成。

如果你把所有的错误都关在门外时，真理也要被关在门外面了。[3]

① 臻（zhēn）：达到（美好的境地）。
② 啜（chuò）：喝。

131

我听见有些东西在我心的忧闷后面萧萧作响，——我不能看见它们。

132

闲暇在动作时便是工作。
静止的海水荡动时便成波涛。

133

绿叶恋爱时便成了花。
花崇拜时便成了果实。

134

埋在地下的树根使树枝产生果实，却不要什么报酬。

135

阴雨的黄昏，风无休止地吹着。
我看着摇曳的树枝，想念万物的伟大。

136

子夜的风雨，如一个巨大的孩子，在不合时宜的黑夜里醒来，开始游戏和喧闹。

137

海呀，你这暴风雨的孤寂的新妇呀，你虽掀起波浪追随你的情人，但是无用呀。

138

文字对工作说道："我惭愧我的空虚。"

工作对文字说道："当我看见你时，我便知道我是怎样地贫乏了。"

139

时间是变化的财富。时钟模仿它，却只有变化而无财富。[1]

[1] 时间创造一切，而时钟不过是记录时间而已。

140

真理穿了衣裳，觉得事实太拘束了。

在想象中，她却转动得很舒畅。

141

当我到这里那里旅行着时，路呀，我厌倦你了；但是现在，当你引导我到各处去时，我便爱上你，与你结婚了。

142

让我设想，在群星之中，有一颗星是指导着我的生命通过不可知的黑暗的。

143

妇人，你用了你美丽的手指，触着我的什物①，秩序便如音乐似的生出来了。

144

一个忧郁的声音，筑巢于逝水似的年华中。[1]
它在夜里向我唱道：“我爱你。”

[1] 筑巢，意味着生命渴求某种永恒，抵御时间的流逝。

145

燃着的火，以它熊熊的光焰警告我不要走近它。
把我从潜藏在灰中的余烬里救出来吧。

146

我有群星在天上，
但是，唉，我屋里的小灯没有点亮。

① 什物：指家庭日常应用的衣物及其他零碎用品。

147

死文字的尘土沾着你。
用沉默去洗净你的灵魂吧。

148

生命里留了许多罅隙[①]，从中送来了死之忧郁的音乐。

149

世界已在早晨敞开了它的光明之心。
出来吧，我的心，带着你的爱去与它相会。

150

我的思想随着这些闪耀的绿叶而闪耀；我的心灵因这日光的抚触而歌唱；我的生命因为偕了万物一同浮泛在空间的蔚蓝、时间的墨黑中而感到欢快。

---

① 罅（xià）隙：裂缝，缝隙。

151

神的巨大的威权是在柔和的微飔里，而不在狂风暴雨之中。[1]

[1]“天下之至柔，驰骋天下之至坚。”(《老子》)

152

在梦中，一切事都散漫着，都压着我，但这不过是一个梦呀。当我醒来时，我便将觉得这些事都已聚集在你那里，我也便将自由了。

153

落日问道：“有谁继续我的职务呢？”

瓦灯说道：“我要尽我所能地做去，我的主人。”

154

采着花瓣时，得不到花的美丽。[2]

[2] 美丽不是占有、剥夺。

155

沉默蕴蓄着语声，正如鸟巢拥围着睡鸟。

156

[1]中间者往往受到强者打压，防其坐大。

大的不怕与小的同游。
居中的却远而避之。[1]

157

夜秘密地把花开放了，却让白日去领受谢词。

158

权势认为牺牲者的痛苦是忘恩负义。

159

[2]只问耕耘，不问收获。

当我们以我们的充实为乐时，那么，我们便能很快乐地跟我们的果实分手了。[2]

160

雨点吻着大地，微语道："我们是你的思家的孩子，母亲，现在从天上回到你这里来了。"

161

蛛网好像要捉露点，却捉住了苍蝇。

162

爱情呀，当你手里拿着点亮了的痛苦之灯走来时，我能够看见你的脸，而且以你为幸福。

163

萤火对天上的星说道：“学者说你的光明总有一天会消灭的。”

天上的星不回答它。[1]

[1]“日月终销毁，天地同枯槁。”（李白）

164

在黄昏的微光里，有那清晨的鸟儿来到了我的沉默的鸟巢里。

165

思想掠过我的心上，如一群野鸭飞过天空。

我听见它们鼓翼之声了。

166

沟洫①总喜欢想：河流的存在，是专为它供给水流的。

167

世界以它的痛苦同我接吻，而要求歌声做报酬。[1]

[1]这句也译作：世界以痛吻我，要我报之以歌。

168

压迫着我的，到底是我的想要外出的灵魂呢，还是那世界的灵魂，敲着我心的门，想要进来呢?

169

思想以他自己的语言喂养它自己而成长起来了。

170

我把我心之碗轻轻浸入这沉默之时刻中，它盛满了爱了。

① 洫（xù）：田间的水道。

171

或者你在工作，或者你没有。

当你不得不说，“让我们做些事吧”时，那么就要开始胡闹了。

172

向日葵羞于把无名的花朵看作它的同胞。

太阳升上来了，向它微笑，说道：“你好么，我的宝贝儿？”

173

“谁如命运似的催着我向前走呢？”

“那是我自己，在身背后大跨步走着。”[1]

[1]人有两个我，一个是自我，另一个是看不见的，在自我身后的，可称之非我。“非我”是一种精神力量，它推动着“自我”前进。由此看来，人的命运掌握在人自己手上。

174

云把水倒在河的水杯里，它们自己却藏在远山之中。

175

我一路走去，从我的水瓶中漏出水来。

只剩下极少极少的水供我回家使用了。

176

杯中的水是光辉的；海中的水却是黑色的。

小理可以用文字来说清楚，大理却只有沉默。

177

你的微笑是你自己田园里的花，你的谈吐是你自己山上的松林的萧萧；但是你的心呀，是那个女人，那个我们全都认识的女人。

178

我把小小的礼物留给我所爱的人，——大的礼物却留给一切的人。

179

妇人呀，你用泪海包绕着世界的心，正如大海包绕着大地。

180

太阳以微笑向我问候。

雨，他的忧闷的姐姐，向我的心谈话。

181

我的昼间之花，落下它那被遗忘的花瓣。
在黄昏中，这花成熟为一颗记忆的金果。

182

我像那夜间之路，正静悄悄地谛听①着记忆的足音。

183

黄昏的天空，在我看来，像一扇窗户，一盏灯火，灯火背后的一次等待。

184

太忙于做好事的人，反而找不到时间去做好人。

185

我是秋云，空空地不载着雨水，但在成熟的稻田中，可以看见我的充实。[1]

[1] 秋云的前生，正是灌溉稻田的雨水。人，也不妨把自己奉献于社会。

① 谛（dì）听：仔细听。

186

他们嫉妒，他们残杀，人反而称赞他们。

然而上帝害了羞，匆匆地把他的记忆埋藏在绿草下面。[1]

[1]世间信奉强者或者说强盗的逻辑，但上天是公平的。老子言：天之道，损有余以补不足；人之道则不然，损不足以奉有余。

187

脚趾乃是舍弃了其过去的手指。

188

黑暗向光明旅行，盲者却向死亡旅行。

189

小狗疑心大宇宙阴谋篡夺[①]它的位置。

190

静静地坐着吧，我的心，不要扬起你的尘土。

让世界自己寻路向你走来。

① 篡（cuàn）夺：用非法手段夺取。

191

弓在箭要射出之前，低声对箭说道："你的自由就是我的自由。"[1]

[1] 给他人自由，就是给自己自由。

192

妇人，在你的笑声里有着生命之泉的音乐。

193

全是理智的心，恰如一柄全是锋刃的刀。[2]
它叫使用它的人手上流血。

[2] 全是理性会伤人。

194

神爱人间的灯光甚于他自己的大星。

195

这世界乃是为美之音乐所驯服了的狂风骤雨的世界。

196

晚霞向太阳说道："我的心经了你的接吻，便似金的宝箱了。"

197

接触着，你许会杀害；远离着，你许会占有。

198

蟋蟀的唧唧，夜雨的淅沥[①]，从黑暗中传到我的耳边，好似我已逝的少年时代沙沙地来到我的梦境中。

199

花朵向星辰落尽了的曙天叫道："我的露点全失落了。"

200

燃烧着的木块，熊熊地生出火光，叫道："这是我的花朵，我的死亡。"

201

黄蜂认为邻蜂储蜜之巢太小。
他的邻人要他去建筑一个更小的。

① 淅沥（xī lì）：形容轻微的风雨声。

202

河岸向河流说道："我不能留住你的波浪。
让我保存你的足印在我的心里吧。"

203

白日以这小小的地球的喧扰，淹没了整个宇宙的沉默。

204

歌声在天空中感到无限，图画在地上感到无限，诗呢，无论在空中，在地上都是如此。

因为诗的词句含有能走动的意义与能飞翔的音乐。

205

太阳在西方落下时，他的早晨的东方已静悄悄地站在他面前。

206

让我不要错误地把自己放在我的世界里而使它反对我。

207

荣誉使我感到惭愧，因为我暗地里求着它。

208

当我没有什么事做时，便让我不做什么事，不受骚扰地沉入安静深处吧，一如海水沉默时海边的暮色。

209

少女呀，你的纯朴，如湖水之碧，表现出你的真理之深邃。

210

最好的东西不是独来的，它伴了所有的东西同来。

211

神的右手是慈爱的，他的左手却可怕。

212

我的晚色从陌生的树木中走来，它用我的晨星所不懂得的语言说话。

213

夜之黑暗是一只口袋，迸出黎明的金光。

214

我们的欲望把彩虹的颜色借给那只不过是云雾的人生。

215

神等待着，要从人的手上把他自己的花朵作为礼物赢得回去。

216

我的忧思缠绕着我，要问我它自己的名字。

217

果的事业是尊贵的，花的事业是甜美的；但是让我做叶的事业吧，叶是谦逊地、专心地垂着绿荫的。[1]

[1] 做平凡的人，做一个在平凡中奉献的人。

218

我的心向着阑珊①的风张了帆，要到无论何处的荫凉之岛去。

① 阑珊（lán shān）：衰落，凋零，将尽。

219

独夫们是凶暴的，但人民是善良的。

220

把我当作你的杯吧，让我为了你，而且为了你的人而盛满水吧。

221

狂风暴雨像是在痛苦中的某个天神的哭声，因为他的爱情被大地所拒绝。

222

世界不会流失，因为死亡并不是一个罅隙。

223

生命因为付出了的爱情而更为富足。

224

我的朋友，你伟大的心闪射出东方朝阳的光芒，正如黎明中的一个积雪的孤峰。

225

死之流泉，使生的止水跳跃。

226

那些有一切东西而没有您的人，我的神，在讥笑着那些没有别的东西而只有您的人呢。

227

生命的运动在它自己的音乐里得到它的休息。

228

踢足只能从地上扬起尘土而不能得到收获。

229

我们的名字，便是夜里海波上发出的光，痕迹也不留就泯灭了。

230

让睁眼看着玫瑰花的人也看看它的刺。[1]

[1] 看到孔雀开屏的光耀，也要看到可能露出的丑陋的屁股。

231

鸟翼上系上了黄金，这鸟便永不能再在天上翱翔了。[1]

[1] 正其义，不谋其利。（董仲舒）

232

我们地方的荷花又在这陌生的水上开了花，放出同样的清香，只是名字换了。

233

在心的远景里，那相隔的距离显得更广阔了。

234

月儿把她的光明遍照在天上，却留着她的黑斑给她自己。

235

不要说“这是早晨”，别用一个“昨天”的名词把它打发掉。你第一次看到它，把它当作还没有名字的新生孩子吧。

236

青烟对天空夸口，灰烬对大地夸口，都以为它们是火的兄弟。

237

雨点向茉莉花微语道："把我永久地留在你的心里吧。"

茉莉花叹息了一声，落在地上了。

238

腆[①]怯的思想呀，不要怕我。

我是一个诗人。

239

我的心在朦胧的沉默里，似乎充满了蟋蟀的鸣声——声音的灰暗的暮色。

240

爆竹呀，你对群星的侮蔑，又跟着你自己回到地上来了。

---

① 腆（tiǎn）：惭愧。

241

您曾经带领着我，穿过我的白天的拥挤不堪的旅程，而到达了我的黄昏的孤寂之境。

在通宵的寂静里，我等待着它的意义。

242

我们的生命就似渡过一个大海，我们都相聚在这个狭小的舟中。

死时，我们便到了岸，各往各的世界去了。[1]

[1]生时同舟共济，死时却各奔前程，可见同舟共济时每个人的修行也不一样。

243

真理之川从它的错误之沟渠中流过。

244

今天我的心是在想家了，在想着那跨过时间之海的那一个甜蜜的时候。

245

鸟的歌声是曙光从大地反响过去的回声。[2]

[2]晨鸟在林间鸣啭，朝阳打在树叶上，点点闪闪，如鸟鸣的节律。

246

晨光问毛茛[①]道："你是骄傲得不肯和我接吻么？"

247

小花问道："我要怎样地对你唱，怎样地崇拜你呢？太阳呀？"

太阳答道："只要用你的纯洁的素朴的沉默。"

248

当人是兽时，他比兽还坏。

249

黑云受光的接吻时便变成天上的花朵。

250

不要让刀锋讥笑它柄子的拙钝。[1]

[1] 以拙钝驱锋利。

① 毛茛（gèn）：多年生草本植物，茎叶有茸毛。

251

夜的沉默，如一个深深的灯盏，银河便是它燃着的灯光。

252

死像大海的无限的歌声，日夜冲击着生命的光明岛的四周。

253

花瓣似的山峰在饮着日光，这山岂不像一朵花吗？[1]

[1]“饮”字写出山峰惬意、沉醉的神态。

254

“真实”的含义被误解，轻重被倒置，那就成了“不真实”。

255

我的心呀，从世界的流动中找你的美吧，正如那小船得到风与水的优美似的。

256

眼不能以视来骄人，却以它们的眼镜来骄人。

257

我住在我的这个小小的世界里，生怕使它再缩小一丁点儿。把我抬举到您的世界里去吧，让我高高兴兴地失去我的一切的自由。

258

虚伪永远不能凭借它生长在权力中而变成真实。[1]

[1] 权力可指鹿为马，但不能变鹿为马。

259

我的心，同着它的歌的拍拍舐①岸的波浪，渴望着要抚爱这个阳光熙和②的绿色世界。

① 舐（shì）：以舌舔。
② 熙和：暖和。

260

道旁的草，爱那天上的星吧，你的梦境便可在花朵里实现了。

261

让你的音乐如一柄利刃，直刺入市井喧扰的心中吧。

262

这树的颤动之叶，触动着我的心，像一个婴儿的手指。

263

小花睡在尘土里。
它寻求蛱蝶[①]走的道路。

264

我是在道路纵横的世界上。
夜来了。打开您的门吧，家之世界呵！

① 蛱（jiá）蝶：蝴蝶的一类，形体较一般蝴蝶大。

265

我已经唱过了您的白天的歌。

在黄昏的时候，让我拿着您的灯走过风雨飘摇的道路吧。

266

我不要求你进我的屋里。

你到我无量的孤寂里来吧，我的爱人！

267

死亡隶属于生命，正与出生一样。

举足是走路，正如落足也是走路。[1]

[1] 死不是生的结束，而是生的延续。从这个角度看，生命其实是无限有的。

268

我已经学会了你在花与阳光里微语的意义。——再教我明白你在苦与死中所说的话吧。[2]

[2] 寻找苦与死的意义，才能更好地明白乐与生的意义，也就能够苦中作乐，向死而生。

269

夜的花朵来晚了，当早晨吻着她时，她战栗着，叹息了一声，萎落在地上了。

270

从万物的愁苦中，我听见了“永恒母亲”的呻吟。

271

大地呀，我到你岸上时是一个陌生人，住在你屋内时是一个宾客，离开你的门时是一个朋友。

272

当我去时，让我的思想到你那里去，如那夕阳的余光，映在沉默的星天的边上。

273

在我的心头燃点起那休憩的黄昏星吧，然后让黑夜向我微语着爱情。

274

我是一个在黑暗中的孩子。
我从夜的被单里向您伸出我的双手，母亲。

275

白天的工作做完了。把我的脸掩藏在您的臂间吧，母亲。
让我入梦吧。

276

集会时的灯光，点了很久，会散时，灯便立刻灭了。

277

当我死时，世界呀，请在你的沉默中，替我留着“我已经爱过了”这句话吧。

278

我们在热爱世界时便生活在这世界上。[1]

[1] 无论如何，要热爱生活，即使世界以痛吻我，我也要报之以歌。

279

让死者有那不朽的名，但让生者有那不朽的爱。

280

我看见你，像那半醒的婴孩在黎明的微光里看见他的母亲，于是微笑而又睡去了。

281

我将死了又死，以明白生是无穷无尽的。

282

当我和拥挤的人群一同在路上走过时，我看见您从阳台上送过来的微笑，我歌唱着，忘却了所有的喧哗。

283

爱就是充实了的生命，正如盛满了酒的酒杯。

284

他们点了他们自己的灯，在他们的寺院内，吟唱他们自己的话语。
但是小鸟们在你的晨光中，唱着你的名字，——因为你的名字便是快乐。

285

领我到您的沉寂的中心，使我的心充满了歌吧。

286

让那些选择了他们自己的焰火嗞嗞的世界的，就生活在那里吧。

我的心渴望着您的繁星，我的神。

287

爱的痛苦环绕着我的一生，像汹涌的大海似的唱着；而爱的快乐像鸟儿们在花林里似的唱着。

288

假如您愿意，您就熄了灯吧。

我将明白您的黑暗，而且将喜爱它。[1]

[1] 黑暗其实也是一种修复的力量。

289

当我在那日子的终了，站在您的面前时，您将看见我的伤疤，而知道我有我的许多创伤，但也有我的医治的法儿。[2]

[2] “我的医治的法儿”英文原文为“my healing”，“healing”是痊愈的意思，意味着创伤已经修复。

290

总有一天，我要在别的世界的晨光里对你唱道："我以前在地球的光里，在人的爱里，已经见过你了。"

291

从别的日子里飘浮到我的生命里的云，不再落下雨点或引起风暴了，却只给予我的夕阳的天空以色彩。

292

真理引起了反对它自己的狂风骤雨，那场风雨吹散了真理的广播的种子。[1]

[1] 反者，道之动。(《老子》)

293

昨夜的风雨给今日的早晨戴上了金色的和平。

294

真理仿佛带了它的结论而来；而那结论产生了它的第二个。

295

他是有福的，因为他的名望并没有比他的真实更光亮。[1]

[1]人可能被虚名所累、所害。

296

您的名字的甜蜜充溢着我的心，而我忘掉了我自己的——就像您的早晨的太阳升起时，那大雾便消失了。

297

静悄悄的黑夜具有母亲的美丽，而吵闹的白天具有孩子的美丽。

298

当人微笑时，世界爱了他；但他大笑时，世界便怕他了。

299

神等待着人在智慧中重新获得童年。

300

让我感到这个世界乃是您的爱的成形吧，那么，我的爱也将帮助着它。[1]

[1] 世界从爱中产生，被爱所维系，向爱流动并进入爱之中。

301

您的阳光对着我的心头的冬天微笑，从来不怀疑它的春天的花朵。

302

神在他的爱里吻着“有涯”，而人吻着“无涯”。

303

您越过不毛之地的沙漠而到达了圆满的时刻。

304

神的静默使人的思想成熟而为语言。

305

“永恒的旅客”呀，你可以在我的歌中找到你的足迹。

306

让我不致羞辱您吧，父亲，您在您的孩子们身上显出您的光荣。

307

这一天是不快活的。光在蹙额①的云下，如一个被责打的儿童，灰白的脸上留着泪痕；风又叫号着，似一个受伤的世界的哭声。但是我知道，我正跋涉着去会我的朋友。[1]

[1] 欲持一瓢酒，远慰风雨夕。（韦应物）

308

今天晚上棕榈叶在嚓嚓②地作响，海上有大浪，满月呵，就像世界在心脉悸③跳。从什么不可知的天空，您在您的沉默里带来了爱的痛苦的秘密？

309

我梦见一颗星，一个光明岛屿，我将在那里出生。在它快速的闲暇深处，我的生命将成熟它的事业，像秋天阳光下的稻田。

① 蹙（cù）额：皱着眉头。
② 嚓嚓（cā）：物体与物体相擦而过时发出的一种声响。
③ 悸（jì）：害怕，心惊肉跳。

310

雨中的湿土的气息，就像从渺小的无声的群众那里来的一阵巨大的赞美歌声。

311

说爱情会失去的那句话，乃是我们不能够当作真理来接受的一个事实。

312

我们将有一天会明白，死永远不能够夺去我们的灵魂所获得的东西。因为她所获得的，和她自己是一体的。

313

神在我的黄昏的微光中，带着花到我这里来。这些花都是我过去的，在他的花篮中还保存得很新鲜。

314

神呀，当我的生之琴弦都已调得谐和时，你的手的一弹一奏，都可以发出爱的乐声来。

315

让我真真实实地活着吧，我的神。这样，死对于我也就成了真实的了。

316

人类的历史在很忍耐地等待着被侮辱者的胜利。

317

我这一刻感到你的眼光正落在我的心上，像那早晨阳光中的沉默落在已收获的孤寂的田野上一样。

318

在这喧哗的波涛起伏的海中，我渴望着咏歌之岛。

319

夜的序曲是开始于夕阳西下的音乐，开始于它对难以形容的黑暗所作的庄严的赞歌。

320

我攀登上高峰，发现在名誉的荒芜不毛的高处，简直找不到一个遮身之地。

我的引导者啊，领导着我在光明逝去之前，进到沉静的山谷里去吧。在那里，一生的收获将会成熟为黄金的智慧。

321

在这个黄昏的朦胧里，好些东西看来都仿佛是幻象一般——尖塔的底层在黑暗里消失了，树顶像是墨水的模糊的斑点似的。我将等待着黎明，而当我醒来的时候，就会看到在光明里的您的城市。

322

我曾经受苦过，曾经失望过，曾经体会过“死亡”，于是我以我在这伟大的世界里为乐。[1]

323

在我的一生里，也有贫乏和沉默的地域；它们是我忙碌的日子得到日光与空气的几片空旷之地。[2]

324

我的未完成的过去，从后边缠绕到我身上，使我难于死去。请从它那里释放了我吧。

325

“我相信你的爱。”让这句话做我的最后的话。

[1]诗人出版《飞鸟集》时已五十五岁，在过去的大半生中，他经历了家庭的不幸，民族的屈辱，国家的沦亡；但诗人仍然乐观，坚信一切痛苦不幸，都会化为快乐的源泉。

[2]郑振铎的译文似乎有些颓唐，尽管其中不乏诗意。可参看傅浩的译文：我一生中有些区域，空旷而寂静。那是些露天空间，我忙碌的日子在那里享受阳光和空气。

阅读小结

精华点评

《飞鸟集》是一部空灵的诗集，一首首诗，就像鸟儿在空中飞过的弧线，不着痕迹，却又游走在读者的脑海、心间，恍若黎明的光线、大海的波光、夕阳的余晖，熠熠生动，因为诗人说过：

“歌声在天空中感到无限，图画在地上感到无限，诗呢，无论在空中，在地上都是如此。

“因为诗的词句含有能走动的意义与能飞翔的音乐。”(204)

诗是一门通向无限的艺术。那么，诗人借诗作，又传达出一种什么样的无限意识呢？

泰戈尔的父亲曾为印度教改革团体“梵社”的领导人。泰戈尔从小就受到印度宗教和哲学的影响，因此，他认为万物皆神，神即万物。

“神自己的清晨，在他自己看来也是新奇的。”(32)

“在死的时候，众多合而为一；在生的时候，一化为众多。

“神死了的时候，宗教便将合而为一。”(84)

本着这样的哲学观，诗人要在流动的时光中去把握永恒，“看永恒如何湮灭了瞬间”。

“‘海水呀，你说的是什么？’

“‘是永恒的疑问。’

“‘天空呀，你回答的话是什么？’

“‘是永恒的沉默。’”(12)

由此，诗人明确了死的意义：生与死其实是一体的，因为人的精神不灭，即神不灭。因而，死是生的延续，是生命无限发展的一个阶段。生死相续，生命无止境。因此，我们不必畏惧死，我们要让生与死都获得它应有的绚烂与静美。

“我们将有一天会明白，死永远不能够夺去我们的灵魂所获得的东西。因为

她所获得的，和她自己是一体的。”（312）

“死亡隶属于生命，正与出生一样。

“举足是走路，正如落足也是走路。”（267）

“夜与逝去的日子接吻，轻轻地在他耳旁说道：‘我是死，是你的母亲。我就要给你以新的生命。’”（119）

“使生如夏花之绚烂，死如秋叶之静美。”（82）

进一步，既然万物皆神，神即万物，那么，我即神，神即我。从这一思想出发，诗人认识到自我的伟大力量，主宰我的，是我自己。

“‘谁如命运似的催着我向前走呢？’

“‘那是我自己，在身背后大跨步走着。’”（173）

命运既可以看作一种非我的外在力量，也可以看作自我本身。归根到底，人是受自我驱使的，你的选择、你的决定、你的付出、你的努力，决定了你的命运。人创造自己的命运；即使是神，也是如此：

“神从创造中找到他自己。”（46）

生命是上天赋予的，为了回报上天，我们唯有献出生命。这就是舍弃自我，它的完美形式就是爱，就是付出一切。生命的价值或者说生命的神性是用爱来实现的。所以，诗人热情地歌颂爱，歌颂一切的爱。爱，在诗作中反复出现（54次），可以说就是这本小诗集的中心词。

“让我感到这个世界乃是您的爱的成形吧，那么，我的爱也将帮助着它。”（300）

“总有一天，我要在别的世界的晨光里对你唱道：‘我以前在地球的光里，在人的爱里，已经见过你了。’”（290）

同时，诗人谴责了一种虚假的爱，一种囚禁、以占有为目的的爱，而歌颂的是付出，甚至无原则地付出的爱。

“权势对世界说道：‘你是我的。’

“世界便把权势囚禁在她的宝座下面。

“爱情对世界说道：‘我是你的。’

“世界便给予爱情以在她屋内来往的自由。”（93）

“只管走过去，不必逗留着采了花朵来保存，因为一路上花朵自会继续开放的。”（102）

“果的事业是尊贵的，花的事业是甜美的；但是让我做叶的事业吧，叶是谦逊地、专心地垂着绿荫的。”（217）

“樵夫的斧头，问树要斧柄。

“树便给了他。”（71）

客观地说，这样的爱还是有些虚幻、抽象，甚至还有欺骗的性质，可以麻痹人们的斗志。但从人类心灵相通这个角度看，这些爱似乎又能超越一切纷争，在纷乱的世界上实现协调，使喧哗的社会变得宁静，让罪恶中生出善。

爱，不只是爱人，也爱世间万物。

“我的思想随着这些闪耀的绿叶而闪耀；我的心灵因这日光的抚触而歌唱；

“我的生命因为偕了万物一同浮泛在空间的蔚蓝、时间的墨黑中而感到欢快。”（150）

泰戈尔在诗作中，捕捉了大量关于自然界的灵感。他说天空的黄昏像一盏灯，说微风中的树叶像思绪的断片，说鸟儿的鸣唱是晨曦来自大地的回音；他将自然界的一切拟人化。他让天空与大海对话，让鸟儿和云朵对话，让花朵和太阳对话……总之，在泰戈尔的诗中，世界是人性化的，自然也是人性化的，万物都有它们自己的成长与思考；而他只是为它们的人性化整理思想碎片而已。而这，也是《飞鸟集》名字的由来：“思想掠过我的心头，仿佛一群野鸭飞过天空，我听到了它们振翅高飞的声音。”

当然，泰戈尔并不脱离现实政治，只是在诗作中比较隐晦地表达自己对现实政治的不满。

“谢谢神，我不是一个权力的轮子，而是被压在这轮子下的活人之一。”（49）

“权势认为牺牲者的痛苦是忘恩负义。”（158）

但同时，他对民众的懦弱、愚昧也深感揪心。

“他们嫉妒，他们残杀，人反而称赞他们。”（186）

“人走进喧哗的群众里去，为的是要淹没他自己的沉默的呼号。”（110）

不过，泰戈尔坚信最终的胜利者是一切被损害、被侮辱者。

“人类的历史在很忍耐地等待着被侮辱者的胜利。”（316）

延伸思考

1. 通过网络阅读等方式，阅读《飞鸟集》中的几首英文原作，并试着翻译，看看你的翻译与郑振铎的翻译有什么不同，说说郑振铎翻译的《飞鸟集》在语言上有什么特点。

2. 找出带有“爱”字的小诗，这些爱体现了泰戈尔怎样的思想认识？他的“爱”观有没有什么局限性？

3. 这本小诗集为何取名“飞鸟集”？

4. 在泰戈尔的笔下，自然界的一草一木，一风一雨，又是如何与人的心灵呼应的？能否列举具体的诗作，谈谈泰戈尔如何从对自然的描写中展现出自己的心路历程的。

5. 哪些诗作能看出或者隐约地看出诗人对现实有着怎样的观点与态度？